MADAME DIOGÈNE

AURÉLIEN DELSAUX

MADAME DIOGÈNE

roman

ALBIN MICHEL

« Malheur à vous, riches. »

Luc, 6, 24.

1

– Ouvrez maintenant, soyez raisonnable. Ouvrez !

On frappe et on gueule à sa porte, elle a ouvert un œil, le jour entre dedans et, par de maigres interstices, inonde de blanc jusqu'à son terrier.

– Je sais que vous êtes là : ouvrez !

La rumeur des voitures qui monte du boulevard lui parvient, assourdie, comme un bourdonnement de guêpes que les coups, incessants, ponctuent. Parfois, elle parvient à entendre le Gros maugréer, la traitant de vieille charogne, de vieille teigne :

– Tu vas ouvrir, vieille teigne ! grogne-t-il sans cesser de tambouriner.

C'est presque devenu quotidien. Il tape, commençant quand il fait encore nuit, d'abord des coups secs, serrés, puis de plus en plus fort, du poing, du pied, il cogne et cogne encore. Il se dit qu'elle va avoir la trouille, il fait trembler toutes les cloisons, il se dit qu'elle n'a pas le choix.

Mais, recroquevillée dans son terrier, elle se sent parfaitement à l'abri. Rien du monde des hommes ne peut l'y atteindre. Elle sait que la lumière du jour, le bruit (les voitures, les coups), tout finira, bientôt. Les nuages viendront couvrir le ciel d'hiver, le flux des voitures entrant dans la ville tarira, le Gros partira au travail. Elle se sentira à nouveau seule, à nouveau loin ; elle aura vaincu ; elle n'ouvrira jamais.

Dans les débuts de son désordre, elle pleurait là, sans savoir pourquoi, et c'est sur ses larmes qu'elle se mit à élever ce qui ne fut d'abord qu'un abri bancal, une fragile cabane, pleurant comme on pisse, sans joie ni souffrance – juste un soulagement, les yeux se lavant. Parfois une trace de la vie ancienne : un mot sur un carton (FRAGILE) ou sur une pub (SUPER PROMOTION) appelait brusquement les larmes. Elle pleurait comme l'araignée bave son fil, tisse sa toile. Puis il n'y eut plus de larmes. Les choses tenaient, chacune bien à sa place, dans le chaos.

Déjà, elle referme les yeux ; déjà, elle rêve. Elle revoit le passage des éboueurs. C'est un spectacle qu'elle appréciait, le passage des éboueurs. La dernière fois, quand elle a entendu, montant de la petite rue, les coups de klaxon, le gros bruit du moteur, quand elle a vu les reflets orange qu'imprimait le gyrophare au plafond, elle s'est soulevée du fond de son terrier, s'est faufilée puis a escaladé jusqu'à la petite fenêtre (aux trois quarts obstruée), s'est accroupie, a secoué ses cheveux sales. Un cafard en est tombé, disparaissant aussitôt sous les choses. Elle s'est agrippée à l'arête de la bibliothèque en merisier pâle, saillissant de tout. Derrière la vitre crasseuse, elle les devinait déjà :

Le gros camion vert avait dépassé la boutique, la banque, la pharmacie. La pharmacie était ouverte, un vigile veillait devant. La banque avait une vitrine neuve, mais le long tag noir, qu'elle ne pouvait lire, s'étalait toujours dessous. Les éboueurs arrivaient au pied de l'immeuble. En face, aucun patient, ni bête ni homme, n'entrait ni ne sortait des cabinets du docteur Sünd et du vétérinaire. Ils sont morts peut-être, les patients, les médecins. Qu'est-ce que ça fait.

Les éboueurs descendent de l'arrière du camion. Ils sont noirs, habits verts, gants épais, grosses bottes. Ils font des gestes obscènes aux automobilistes qui klaxonnent derrière eux, gueulent, les insultent, les menacent. Ils sont lents, ils sont beaux. Il y en a un, souple, leste, qui fait de grands pas, agite ses longs bras maigres, on dirait qu'il danse. On dirait un singe qui danse. Il la fait rire.

La dernière fois ils avaient eu beaucoup à faire, les poubelles étaient nombreuses, et les sacs autour des poubelles, en tas, éventrés, dégueulant. Et aujourd'hui, qu'est-ce que ce serait : les poubelles débordent, les ordures les dissimulent, s'entassent sur les trottoirs. Certaines rues pueront bientôt autant que chez elle.

Jamais ils ne la voient. Ils ne lèvent pas la tête. À plusieurs, ils font rouler la grosse poubelle vrombissante jusqu'à l'arrière du camion, où une machine la soulève, la penche, la vide dans un bruit de petit chaos : c'est broyé, la machine broie tout, la machine a déjà fait redescendre la poubelle, ils la remettent à sa place, la refaisant rouler, et, vide, énorme, elle imite un mauvais tambour. Vient le tour d'une autre poubelle, pendant qu'ils jettent directement à la main dans la broyeuse tous les sacs noirs, bleus, verts, qui parfois traînent, qui pullulent aujourd'hui.

Cette fois-là encore ils étaient partis sans l'avoir remarquée. Pourvu que jamais ils ne la voient : ils monteraient vider tout, détruire tout, la broieraient –

Elle a ri dans son demi-sommeil, et soudain rouvre les yeux. S'est entendue rire. Se demande qui est là. Le Gros tambourine encore, plus insistant aujourd'hui que les autres jours.

Pour se rassurer, elle caresse lentement ses longs et

poisseux cheveux blancs, auxquels la crasse donne des reflets jaunes et gris. Elle a établi son terrier au centre de l'ancien séjour, à quoi plusieurs galeries mènent. Il est creusé dans la glaise des choses, et fait comme un petit hémicycle, une frêle arche de couvertures, de tissus, de vieux vêtements (ses manteaux, robes, jupes, chemisiers, culottes, bas), de boîtes à chaussures, de cartons, de cagettes, de sacs en plastique bourrés de papiers et d'emballages.

Soudain, un coup plus violent que tous les autres la fait sursauter.

– Ta race, vieille conne ! Tu m'ouvres ou j'nique ta porte !

Ce n'est pas la première fois qu'il menace. Ça ne l'impressionne plus. Entend-elle seulement ce qu'il dit, comprend-elle seulement ce que signifient les mots qu'il emploie, quand il hurle ainsi, articulant mal ? Au début, quand la puanteur qui se dégageait de son territoire commença de se répandre aux appartements environnants, descendant jusqu'à celui du Gros, après sa première plainte, elle eut peur qu'un matin il s'arme d'une hache, fende la porte, pénètre son terrier, l'en extirpe par les cheveux, et la découpe en petits morceaux. Car elle sait comme ils sont tous, dehors, de quelle violence ils sont capables, de quelle façon ils mènent la guerre qu'ils mènent toujours.

Mais ça ne lui fait plus autant peur. S'il parvenait

à défoncer la porte d'un coup d'épaule, s'il dépassait la tenture de cuir, peut-être ne tiendrait-il pas une minute, peut-être mourrait-il asphyxié, et les choses la cacheraient mieux qu'une mère, et toutes tomberaient sur lui comme autant d'Érinyes.

– Je vous préviens ! Ce soir, si vous n'êtes pas sortie de votre trou, c'est les pompiers ! Ils viennent, ils vous virent !

Elle se tait, caresse ses cheveux.

– Vous avez intérêt à leur dégager un passage, et à pas faire d'histoire. Votre nièce est déjà au courant. Compris ?

Elle se tait, ne bouge pas.

– Réponds ou je te défonce la tête !

Dans ce hurlement, le Gros donne un dernier et puissant coup de pied dans la porte ; il attend ; il souffle ; il s'en va. Son pas lourd résonne dans l'escalier. Il grogne encore. Dessous, une porte s'ouvre en grinçant.

– Elle veut toujours pas ?

– On s'en fout – ce soir, y aura les pompiers.

– Ils sont pas en grève, les pompiers ?

Le Gros médit de ces putains de grévistes de merde, baragouine que sans doute pas, les pompiers quand même, ils sont obligés, les pompiers.

– Alors vous avez bien fait, M'sieur Zaraoui ! Très

bien fait ! Qu'ils nous en débarrassent cette fois ! Qu'on puisse dormir tranquilles !

Les pas lourds ont repris.

– Bonne journée, M'sieur Zaraoui !

Le Gros ne répond pas, la porte se referme, et déjà la vieille a refermé les yeux. Le ciel s'est couvert, la baie ne filtre plus qu'un jus de lumière sale.

Déjà il lui semble que la circulation sur le boulevard est plus fluide, et, bercée par l'apparent calme profond des choses, elle se rendort encore un instant.

Autrefois quand on entrait dans l'appartement (à l'angle sud-est du sixième étage d'un immeuble qui en compte sept), on reconnaissait sans peine à gauche du corridor la cuisine, son balcon donnant sur la cour intérieure de l'immeuble ; et à droite une salle de bain avec baignoire, puis les WC. La tenture de cuir séparait le corridor du séjour, largement éclairé par la large baie vitrée qui donne sur le boulevard et par une fenêtre qui donne sur une petite rue à sens unique. À gauche du séjour, on trouvait deux chambres dont l'une n'avait jamais servi que de bureau.

Peuplé d'objets parfaitement domestiqués, meublé de choses belles, simples, douces et lumineuses, une vie entière aurait pu harmonieusement s'écouler là.

Le front collé au sommet de la grande baie, allongée sur le ventre, les coudes calés contre des livres couverts de moisissures, elle regarde le ciel, guettant déjà devant elle la nuit.

C'est début décembre, et les journées courtes font un long crépuscule entre la nuit et la nuit. Le matin se lève pourtant depuis trois jours sur un ciel dégagé ; mais l'aurore est brève, une chape de nuages vient rapidement peser sur la ville, et même midi reste terne.

Cette lumière continûment lisse et fade la rassure, sans éblouissement, sans aucune éclaboussure de soleil, sans une lueur. Elle passe ici de longues heures d'habitude à regarder sur le boulevard les voitures toujours aller, venir, ne s'arrêtant pas, et sur les trottoirs les gens faire de même : aller, venir, ne pas s'arrêter.

À cette heure aujourd'hui une fine brume a enveloppé tout. Le ciel n'est plus là. En bas, les voitures sont immobilisées en une interminable file, qui doit venir de bien plus loin que de la sortie du périphérique. On y entend des coups de klaxon parfois, parfois une sirène, très loin.

Sur les trottoirs, les gens semblent plus nombreux que d'habitude. Leurs visages sont pâles, par manque de soleil et par fatigue, leurs traits sont tirés. Une foule de fantômes qui se traîne, et va.

Elle perçoit d'âpres gueulements ; elle cherche d'où, quoi. Ce sont les clochards, entre le garage et la banque, qui insultent les passants. L'un d'eux pointe un doigt vers les voitures, leur fait un bras d'honneur ; les deux autres se tordent de rire. Ils ont de grandes barbes, comme sont sculptés les prophètes de l'Ancien Testament au grand porche de la cathédrale. Mais ils sentent moins bon.

Deux de leurs chiens reniflent les sacs-poubelle qui traînent un peu partout autour. Cela fera bientôt un mois que les éboueurs ne sont pas passés. C'est comme si les sacs eux-mêmes se multipliaient la nuit, comme si les boules un peu monstrueuses qu'ils font s'engendraient. Dans un mauvais film d'horreur, on imagine très bien que les montagnes de sacs-poubelle finiraient par s'agglomérer pour former un monstre immense, infâme, qui se nourrirait de chair humaine, engloutirait la ville dans son ventre de plastique.

Tous, d'où, comme d'un mirador, elle les observe : les clochards titubant près de leurs cartons comme les belles gens qui marchent, tous ont l'air d'errer. Même ceux qui paraissent les plus affairés, les plus déterminés dans leur marche, même ceux qui marchent droit devant eux, sans regard pour rien. Ceux-là consultent régulièrement leur montre, un plan, un carnet, une carte de visite, un petit papier, cherchant le lieu et le moment de quelque chose. Beaucoup ne regardent que le bout de leurs souliers.

Observés de plus loin encore, de plus haut, on ne les verrait même pas aller ; on les verrait immobilement grouiller dans un tout petit espace de l'univers, ne tournant qu'avec la Terre, autour d'elle-même et du Soleil, tournant parmi des milliards de soleils, absolument perdus dans l'immensité des espaces.

Dans de pâles éclairs de lucidité, elle se demande ce qu'elle fait là, à ce poste de vigie, y passant la majeure partie de ses journées. Et alors ce n'est pas la vanité de ces journées qui l'étonne, le vide de sa vie, mais au contraire qu'il y ait encore quelque chose, qu'il se passe, malgré tout, encore quelque chose : *que l'on y soit encore.*

Des bouches de métro presque personne ne sort aujourd'hui, pas plus que ces dernières semaines. Ce sont des trous que l'on contourne. Mais une fois ou deux par demi-journée, ce sont comme de grandes gueules qui vomissent tout un flot d'êtres humains, serrés, pressés. Ils se bousculent, se piétinent presque. En ce moment précis, rien ne sort de ce gouffre et personne ne se risque à y descendre. Elle pose encore son regard sur le ciel, ne voit qu'un gris parfait.

Il y a des années qu'il n'a pas neigé. Peut-être

aujourd'hui attend-elle (car on dirait vraiment, malgré tout, qu'aujourd'hui elle attend quelque chose) la neige.

Elle essaie d'ouvrir le vasistas au centre de la baie. Il faut détacher le crochet engourdi. Quand ses doigts fatigués y parviennent, le vasistas tombe et manque de la cogner. La chaînette qui le retient semble fragile. Ça lâchera peut-être un jour, ça l'assommera.

Elle a ouvert pour rien, à moins que ce ne soit pour goûter l'air, savoir s'il fait assez froid pour que puisse tomber la neige. Les gens, elle l'a remarqué, se sont emmitouflés dans de grands manteaux, des dames portent des gants, de grands châles, d'élégants bonnets. Un grand souffle d'air froid entre dans la pièce, gifle sa face ridée. Elle ne recule pourtant pas, essaie de passer sa main, ses doigts, passe ses premières phalanges au-dehors, peut-être pour toucher la petite brume, saluer le vide.

Rapidement, est-ce l'effort pour ouvrir, le mouvement de ses mains, le gel qui monte dans ses doigts, l'air semble l'étourdir. Il se peut que cet air vif et sain la tue. Elle referme vite.

L'air extérieur a ravivé l'odeur de pourriture totale qui assaille partout l'atmosphère de l'appartement : montant du sol, transpirant des murs, s'échappant des meubles engloutis, s'exhalant de chaque chose.

Elle se sent mieux déjà, reprend des forces en respirant cette horrible infection.

C'est dehors que ça pue, dans l'air pur et les parfums.

Ils en crèveront, elle en est sûre. Ils en crèveront tous.

2

C'est la faim et c'est la soif qui la tirent par les pieds loin de la baie. Elle contourne par une petite galerie son terrier ; parvenue à la tenture de cuir, pour attraper une biscotte grise de moisi accrochée au sommet d'une butte, elle est montée sur une pile de cageots, sur quoi elle avait jadis posé le yucca. Il est tombé, voilà longtemps, le pot se brisa. Elle n'a touché à rien depuis et maintenant on dirait que le yucca pousse, dans une dépression, à même le plancher. Ses racines gagneront peut-être l'appartement du dessous, étoufferont le Gros.

Elle redescend s'y accroupir, renifle le petit rectangle de sa petite pitance. Elle pisse sur la terre chaude autour de la plante, demandant au yucca de croître. Espérant une fleur qui n'est jamais venue.

La biscotte est molle. Elle en mastique un coin entre ses gencives, gonflant les joues, gardant le reste serré entre ses doigts, près des lèvres, comme si quelque prédateur pouvait venir lui dérober cette maigre subsistance. Elle doit toujours se préparer à tout engloutir, le peu qu'elle trouve, vite, être prête à défendre le peu qui la maintient en vie ; elle s'apprête à fuir, toujours.

De petites miettes lui ont échappé. Elle les récupère au bout de ses doigts sur le bord de la terre noire et chaude, qu'elle voit soudain remuer. Elle ne bouge plus. Une souris s'échappe.

La vieille lèche rapidement ses doigts, dévore le reste de la biscotte. La bête a couru entre ses jambes, a disparu dans les choses.

Elle se déplie doucement, ses genoux craquent, elle secoue sa tignasse crasseuse, frotte ses yeux de vieille chouette, claudique jusqu'à la tenture. Marchant sur des débris dont elle se moque.

Tout avait d'abord recouvert le dallage hétérogène en mosaïque vieillotte de la cuisine, les tapis du salon. Ce furent de petites piles, de petits tas disposés çà et là, puis partout la première couche de cette masse sur quoi maintenant elle évolue. Il lui avait fallu ralentir le pas, pour ne rien écraser ; puis, contrainte de marcher sur l'épaisse, inégale et composite première strate, pour ne pas glisser ni trébucher.

Quelque chose l'amusa dans la disparition du carrelage de la salle de bain, du parquet des chambres, dans l'engloutissement des tapis, dans l'enfouissement du passé. Il y eut même pour elle, dans ces premiers temps nouveaux, quelque chose de grisant à marcher sur cette matière nouvelle : elle s'était composé un humus neuf, qui lui semblait à la fois plus tendre que la terre des prés d'avril et plus mystérieux qu'à l'automne le matelas des sous-bois de son enfance ; marcher était différent.

Elle ne ressentit plus dès lors que l'impérieux besoin d'élever le niveau de ce limon, de cette mare, de cette mer, y sculptant des vagues à gravir, y creusant des grottes où se réfugier. L'espace entre cette étendue d'objets empilés et le plafond lui semblait toujours plus incommensurable et toujours plus effrayant. Elle passa des journées à combler compulsivement ce vide où elle se mouvait et où elle respirait alors avec aisance.

Vidant les classeurs, les pochettes, les enveloppes, les trieurs, répandant factures, photos, ordonnances, salaires, contrats, livres de comptes, souvenirs, lettres, plans, modes d'emploi, garanties, renversant et noyant la vieille armoire de chêne et le petit fauteuil crapaud, le téléviseur, le canapé, les étagères, les larges et pleines bibliothèques en merisier pâle, les tables, les chaises, la coiffeuse, les rayonnages, le vieil électrophone, les disques, et le gros divan de cuir noir, une joie, aussi naïve que profonde, l'avait envahie. Elle n'aurait plus jamais à ranger, trier, classer, nettoyer, obéir. L'ordre des choses, l'ordre du temps (horaires des rendez-vous, dates des fêtes, anniversaires) : la *vie normale* gisait là, défaite.

Dans la salle de bain elle songe à la nièce qui doit venir, qui viendra. Elle titube, longeant la baignoire pleine de plantes vertes, d'épluchures, d'excréments, jusqu'au lavabo, en retire le linge entassé (ses bras ont le mouvement des pattes avant d'un chien grattant la terre), ouvre l'eau. Le siphon est bouché. Elle voit son reflet à la surface : elle est là, sous cette transparence, retenue prisonnière, fantôme aquatique par les canalisations remonté des profondeurs.

Elle relève la tête et jette un coup d'œil à ce qui reste visible du miroir et qui lui semble d'abord une autre eau, verticale.

Quelqu'un est là.

Elle y reconnaît la vieille. Encore là.

Elle la regarde dans les yeux. Elle en a peur. Elle a peur de cette présence furtive, qu'elle croise ici tous les jours, sans jamais vraiment s'y attendre. Après persistera l'impression que quelqu'un habite avec elle, la suit, d'un pas à peine, moins que d'un pas, que quelqu'un habite au-dedans d'elle, la suit comme une ombre intérieure.

Elle a peur de ce regard qui, dès qu'elle passe là, dès qu'elle relève la tête, la regarde et la reconnaît.

À l'effroi se mêle toujours l'étonnement de voir ce visage changé. Elle doit, chaque fois, se demander une seconde si c'est bien la même personne que la fois dernière. Elle voit cette gueule se transformer toujours, en moins qu'animal ; et quelque chose s'y figer.

Elle la maudit. En sa langue, en une pensée vague, elle la maudit.

Avec ses longs ongles noirs elle veut griffer l'image – mais la vieille tend pareillement vers elle une main crochue, menaçante. Alors elle renonce, penche la tête, et brouille son reflet d'eau, plongeant son visage, son vrai visage, dans l'eau, l'eau vraie, avant de le redresser, lentement, millimètre par millimètre.

À la fin, elle tire la langue, et lape. Des gouttes fraîches cheminent dans ses rides, raniment d'anciens traits sur sa vieille face de masque au rebut.

Au sol, à côté du lave-linge, dans un tiroir défait, parmi des pots de crème vides, des tubes, des flacons, de petites boîtes, des sacs de pharmacie, des trombones, des cure-dents, des comprimés, des cotons-tiges, des sirops, des limes à ongles, de vieilles montres, des pelotes, des aiguilles, des pinces, elle trouve un bout de peigne en plastique (jaune, sale, édenté). Une fourchette d'argent traîne à côté, qui fera l'affaire.

Longtemps elle se coiffe, un côté, l'autre, d'une main, de l'autre.

Passant devant les WC, elle y entre. On peut encore ouvrir la porte, et la cuvette est accessible. Elle a pris soin, dirait-on, de ne pas la boucher, et il lui arrive d'y faire encore. C'est alors son dernier lien avec le monde : la descente de ses déjections jusqu'aux égouts de la ville, jusqu'à la station d'épuration, jusqu'à la rivière, au fleuve, à la mer.

Elle regarde le fond de la cuvette et s'y reconnaît, comme au lavabo. Elle s'agenouille, se caresse la joue. Elle appelle par l'épais tuyau les bêtes des égouts, où tout se rejoint, s'agglomère, où dorment les cauchemars de la ville.

Elle imagine en ces abysses d'effroyables reptiles nageant dans les eaux sales, des bêtes fabuleuses que son caca nourrit et que sa pisse abreuve : des serpents vipères aspics couleuvres cobras, des scorpions des alligators des tarasques des basilics des dragons des lices, et des tigres et des panthères et des lions, qui secrètement la veillent et l'accompagnent, qui, quand les temps seront accomplis, envahiront la ville –

Elle les prie, et souvent les rejoint dans le songe.

S'en retournant à son observatoire, seule, guidée par rien d'autre qu'une tranchée qu'elle retrouve (presque une galerie) parmi les boîtes de plastique, cartons, conserves, alors que sous ses pieds, sous ses doigts sales fuient les bêtes minuscules et vraies qu'elle aime du même rassurant amour que les imaginaires (pour leurs carapaces, pour leurs fines petites pattes, pour leur amour de l'ombre), elle croise des publicités où hommes et femmes lui sourient : souriant toujours, souriant à elle comme à rien, d'un sourire qu'on dirait de glace. Des choses les entourent, des outils, de beaux vêtements, des parures.

Tout est neuf, tout est en ordre et luit autour d'eux. Le blanc de la page où on les a étalés est un vide paradisiaque qui remplace le fond d'or des icônes anciennes. Elle les désigne du bout de ses doigts mouillés. On dirait qu'ils sont de cire ou de plastique ; on dirait de tristes statues de chair. La page cependant brille sur le gris de la pièce, et en elle tout se confond : elle baise ce cycliste suréquipé, cet homme empoignant une perceuse électrique, cette femme en soutien-gorge et string rose à petits cœurs, comme enfant ses images pieuses.

Un instant, longeant son terrier, elle appelle le chat, se souvenant qu'il y eut un chat. Elle erre un peu, revient sur ses pas, fouille, soulève des pans de cartons, des boîtes. Elle cherche.

Autrefois il la guidait, dans les champs, dans les bois, dans les granges, parmi les herbes, les ronces et les blés, elle n'avait qu'à le suivre, autrefois.

Elle est à quatre pattes, immobile, regardant droit devant, au-delà des murs.

Elle fait des bruits de succion, des bruits de baiser, pour qu'il revienne.

Devant la baie, les choses sont bien tassées sous elle, ne bougent plus. Elle regarde à nouveau le monde et la vie se faire sans elle. Elle revoit d'autres spectacles jadis ici contemplés : des travaux, un accident, une bagarre, un viol, un casse.

Soudain de la bouche de métro sort une foule compacte. C'est comme dans un tableau ancien : la résurrection des morts, les corps qui surgissent d'une fosse, au son de la trompette de l'ange. Aucune joie pourtant n'irradie ces visages ; ils sortent de nulle part, ils entrent dans les limbes, et tous veulent être les premiers, pour gagner au moins ce quelque chose : une première place, là où ils savent qu'il n'y a rien d'autre à gagner. Pour ça qu'ils se bousculent, s'écrasent, se mutileraient les uns les autres le jour où il le faudrait vraiment, sans pitié. Les plus faibles tomberaient aux pieds des plus forts, seraient foulés sous leurs pas, exactement comme les grappes de la vigne, et leur sang sortirait d'eux comme un jus.

Elle en voit, émergeant à l'air libre, vérifier si c'est bien là qu'ils doivent être. Tous s'accrochent à un sac, une mallette ou, les mains dans les poches, à leur manteau ou leur pantalon.

De plus en plus ils ont des casques sur les oreilles (elle remarque), des fils pendent à leur cou, ils parlent seuls. De plus en plus ils ressemblent aux images des publicités, comme des jouets qui auraient une forme véritablement humaine. Est-ce qu'ils portent encore des noms, chacun, est-ce qu'ils appartiennent encore tous à la même espèce – elle se demande. De plus en plus ils s'ignorent.

Déjà leur flux s'est répandu d'un côté et de l'autre du trottoir, et il en ressort l'impression de faiblesse extrême que donneraient les gouttes d'un fleuve brusquement atomisé, alors que, l'instant précédent, la puissance de son courant était presque effrayante.

Elle pose sa paume contre la vitre froide, une buée légère s'imprime autour de ses doigts, qui s'efface rapidement. Elle aimerait que la nuit déjà revienne, et la toucher. Elle rêve au premier flocon de neige, qu'elle verrait seule, la première, sous quoi tout disparaîtra. Mais le ciel demeure une plaque grise, sans aspérité, sans nuance, et que rien ne semble pouvoir crever.

D'un coup on entend les cris d'un nourrisson. Elle sursaute. Elle relève la tête. Elle a rêvé que la nièce entrait, la grondait : de n'avoir pas été sage, de ne pas obéir, de ne pas faire place nette.

Elle se souvient de la voix du Gros : la nièce est au courant, la nièce va venir. La nièce va sortir du rêve, entrer là, l'envahir.

Il faudrait lui faire peur. Il faudrait la pousser dans un trou et l'ensevelir là.

Il faudra la chasser.

Quand elle viendra, il faudra la mordre.

3

Elle s'en souvenait naguère encore : on approchait d'une île.

Jeune femme, alors qu'elle admirait le noir de la mer cernant l'île où de petits moulins blancs tournaient leurs fragiles ailes de toile dans le vent et la lumière, alors que la beauté de ce paysage semblait redresser et assouplir quelque chose en elle, réveiller une question déjà vieille, déjà oubliée, et à laquelle elle crut soudain pouvoir formuler, à cet emplacement même, une réponse – un vieil homme s'approcha d'elle et, agrippant d'une main le bastingage et de l'autre désignant l'horizon, sans qu'elle eût le temps de refermer sa bouche entrouverte ni de formuler à mi-voix le premier mot de la réponse qui lui avait jusque-là tant fait défaut, il déclama :

– Souviens-toi qu'elle est née du Chaos, toute la beauté de ces îles.

N'était-ce que ça ?

Était-il possible que cette sentence, que le guide s'était empressé de traduire pour tous, ces quelques mots échappés de la bouche d'un vieux pêcheur qui avait aussitôt disparu, ces mots à présent perdus en elle pussent être à l'origine de la condition dans laquelle elle passerait les dernières années de son existence, à plusieurs milliers de kilomètres de ces îles enchanteresses, dans une ville qu'elle avait toujours trouvée laide et dont le ciel était la plupart du temps gris ?

Était-ce vraiment ça ?

Elle n'est plus capable de se le demander.

Le plafond (dans ce qui fut sa chambre) vibre, la lumière tremblote, des tours branlent. Au-dessus les jeunes se sont réveillés. Elle entend un air vague, lointain, répétitif, bête. Vite, elle rampe, elle escalade, colle son oreille au plafond. Écoute.

Il y a des rires minces, des petits cris, amusés. Puis un sommier qui grince, régulièrement, puis un coup contre le mur, un autre, d'autres, de moins en moins espacés, de plus en plus forts. Elle entend des gémissements, plaintifs comme ceux des bêtes qu'on égorge et dont on récupère des heures durant le sang qui coule, puis un grand cri qui se termine en râle, long, sourd.

Elle se demande lequel des deux est-ce qui beugle comme ça –

On n'entend maintenant plus rien grincer ni cogner ; qu'un faible rythme lointainement musical, craché par une radio. Ils ont fini. Ça ne dure jamais très longtemps.

Après ils passent l'aspirateur.

Elle ne les entend jamais parler. Que la radio et les airs qu'ils écoutent tous, partout – dans l'ascenseur, les parkings, les supermarchés, dans les églises et dans les rues.

Un jour, elle l'a entendu, lui, qui perçait une cloison, la perceuse ronronnait régulièrement et la vibration provoquée semblait ici chatouiller les choses. Elle, doit avoir le string rose à petits cœurs.

La vieille écoute encore leur silence, ils se lèvent, ils vont partir faire leur journée ; ils recommenceront ce soir quand ils reviendront les mains pleines de sacs pleins de choses, quand ils auront vidé les sacs, mangé les choses, quand ils auront allumé la télé, la radio. Ils recommenceront demain matin ; ils recommencent toujours. Elle est sûre de les avoir déjà vus, sur le boulevard ou dans la petite rue. Les publicités ne mentent pas, ils sont exactement pareils.

Plusieurs mouches tournent autour d'elle, tandis que leur porte claque, qu'ils tournent la clef, abandonnent les lieux.

– C'est pas possible, cette infection – elle veut nous faire crever ou quoi !

– T'as pas l'impression que c'est de pire en pire depuis dimanche ?

– Tu crois qu'elle est morte ?

Leurs voix résonnent puis l'ascenseur les enferme, pendant qu'elle contemple deux mouches qui se sont arrêtées sur sa main, qu'elles baisent, dont elles repartent, puis qui se posent devant elle. Elle plie la nuque, fouaille le sol mouvant, là. Un essaim de mouches s'envole et découvre un amas de vers grouillant. Sur quoi ils grouillent, qu'est-ce que c'est, elle pourrait soulever, creuser, dégager la chose, savoir. Mais elle fouille à côté. Entre des plastiques déchirés, des morceaux de cagettes, des packs, elle attrape des pages de papier glacé ; des lambeaux viennent. Elle fouille, arrache. Promotions d'automne, foire au cochon. Saucisses, fricassée de boudin noir, boudin blanc, tripes, tripaille, saucissons, pieds de porc, jambon, jambonneau. Le charcutier est beau gosse, il doit avoir une perceuse. Elle déchire une bande où figurent sa tête et son torse, son couteau, un porcelet grillé sur un lit de pommes, se met à la mâcher, l'avale.

Derrière une pyramide de bouteilles vides, on distingue encore un coin du lit, qui menace de rompre sous le poids de tout. Il fait l'effet d'une vieille gabare aux trois quarts avalée par la vase, engloutie par la mousse. Quand elle tente de quitter la chambre, quelques flacons dégringolent avec des tintements clairs. Se retournant, elle en saisit un, observe à la surface du verre le léger chatoiement rose, jaune, bleu des néons du boulevard ; leurs clignotements répercutés éclairent bizarrement sa vieille face interrogative. Elle porte le goulot à ses narines, renifle, puis à ses lèvres, levant le coude, pour ne boire que les grains de poussière accumulés.

Un moment encore elle joue avec la bouteille, la caresse. Le verre est lisse, frais comme un galet roulé. Au dos pourtant elle sent le grain de l'étiquette, l'approche de ses yeux : il y a des noms, des chiffres, il y a la carte d'un pays, il y a des choses dites sur le contenant de la bouteille et quel usage en faire. Elle lit sans lire, ne sait plus ce que tout cela signifie.

Elle se saisit d'autres bouteilles, reproduit les mêmes mouvements, avec un mécanisme vain : renifler, goûter, caresser, lire – CHAMPAGNE CHARTREUSE MARGAUX MEURSAULT CÔTE-RÔTIE COTEAUX-DU-LAYON NUITS-SAINT-GEORGES JURANÇON BOURGUEIL PACHERENC TALISKER PORTO CAMPARI –

La dernière bouteille qu'elle prend garde en son fond un épais dépôt noir. Elle tire la langue, essaie d'en pénétrer le goulot. Une forte et amère odeur de noix la saisit. C'est bon.

Sous les bouteilles elle trouve, arrachées d'un classeur, des pages plastifiées sur lesquelles figurent de vieilles photos. Au premier temps de sa retraite, elle les avait triées par année, dans de gros albums ; chacune avait été légendée. Elle avait ainsi patiemment mis en ordre toute une vie d'images.

Dans sa déroute, les albums avaient été déposés au sol, puis défaits, les pages arrachées, éparpillées. Elle avait décollé certaines photos, les avait glissées ici, là, mêlées au reste, enfouies. Plusieurs avaient été par elle froissées, déchirées, parfois mâchées, malaxées, puis recrachées. Plus aucune légende n'est aujourd'hui lisible.

Ce sont de petits carrés noir et blanc, crénelés de crème. Il y en a là une dizaine de pages tout au plus, mélangées, sans plus aucun lien chronologique ni géographique entre elles : débris de temps, débris d'espace, débris d'ombre et de lumière. Elle ne reconnaît rien, ne devine pas même qu'il y a là quelque chose, quelqu'un à reconnaître. Comme si c'étaient des photos de vacances : celles d'un inconnu, dans un pays et dans un temps qui n'auraient jamais existé. Certaines sont tachées.

Il est un arbre pourtant qui lui *dit quelque chose.*

C'est un peuplier ; c'est, sur les photos, le plus

haut des arbres, le plus droit, comme un mât de navire ou de chapiteau, comme si c'était l'axe du monde, comme s'il tenait la toile du ciel. Ses petites feuilles pâles frémissent, petites mains applaudissant le vent, la lumière, dans un bruit de papier qu'on froisse, ou de feu.

À côté d'elle, une, deux mouches encore, qui se nettoient les pattes, plaquent leurs trompes à la surface d'un bout de bois, aspirent, tâtonnent, repartent. Hébétée, elle les regarde longtemps où elles ne sont déjà plus : énorme verrue noire sur son poignet saillant, tache sale sur un débris de faïence.

Elle soupire devant l'arbre, cherchant parmi ses branches les mouches envolées.

Toutes ces bestioles : elle n'a jamais trouvé la fente par laquelle les premières étaient entrées avant de se multiplier. Les mouches, les vers, toute la vermine, les araignées, les asticots, les cloportes, les cafards, les scarabées, les scolopendres et les punaises, les chenilles et les puces, les mites, les moustiques, les papillons de nuit, les perce-oreilles, fourmis, souris, tiques. Au début elle en eut peur : de leur présence, de leur multiplication. Elle avait tenté de colmater chaque brèche, chaque interstice ; en vain : les bêtes sortaient des choses elles-mêmes, de la paperasse, des déchets, en génération spontanée. À moins qu'elles s'y fussent depuis toujours secrètement cachées, et qu'il n'y eût qu'ici, dans ce magma puant, qu'elles pussent enfin librement apparaître.

La vieille vit peu à peu en elles non des ennemies, mais d'actives collaboratrices, des alliées, des complices. Un étrange sentiment maternel l'avait envahie.

D'une certaine façon, elle veille le jour sur ces bestioles qui veillent sur elle la nuit.

Et quand il sera temps, quand l'appartement explosera sous la fermentation des choses du passé, elles envahiront le monde, répandant, comme des apôtres, miasmes et germes.

Elle entend des voix mauvaises parfois. Elle ne sait d'où elles viennent : du dedans d'elle ou du monde. Remontent-elles des différents étages de l'immeuble ou des différents âges de sa vie – est-ce qu'elle n'est pas elle-même tout l'immeuble, murs et voix, l'avenue et la ville. Et quand elle regarde le soleil tirer à lui toute une couverture de nuages fauves, ou ce scarabée rouler sa boule de boue, est-ce qu'elle n'est pas le soleil, est-ce qu'elle n'est pas le scarabée, et n'est-elle pas tout le ciel, et ce grain de poussière, et cet animal mort, et n'est-elle pas la nuit –

Elle sait pourtant que les voix continuent, loin

d'elle, loin hors d'elle. Elles se disent des choses, ces voix : voix du dehors, voix des autres, voix de tous, elles médisent, complotent, tissent une toile de mots autour d'elle dans quoi la saisir, la serrer, l'étrangler, l'étouffer. Dans quoi l'ensevelir. Elles n'ont de cesse de vouloir la faire taire, elle qui ne dit presque plus rien.

Il est pourtant une autre voix, la nuit, très profonde en elle et qu'elle ne saurait pourtant reconnaître sienne : qui comme une mère la calme, comme un enfant la réjouit, qui la brûle comme une voix d'amant. Qui, à la fin des nuits, l'effraie comme l'enfer éternel.

Quittant la chambre, elle mâche quelque chose, elle ne sait quoi.

4

Depuis plusieurs mois, elle dessine de ses doigts sales d'étranges formes sur les murs, que le soleil l'été faisait luire : des graffitis de graisse et de crasse, de petites lignes, de petites croix que ses ongles impriment dans la tapisserie, et un long trait horizontal, à quelques centimètres du plafond, qui parcourra bientôt tous les murs du séjour. Ce trait qu'à présent elle reprend, qu'elle suit.

Ainsi fait-elle le tour de son territoire, sans faire l'inventaire de rien, contemplant les choses. Il arrive qu'elle déplace un objet, tasse une émergence incongrue. Elle aime que rien ne saille, que rien ne puisse être d'emblée reconnu, que tout soit là, disparu.

Comme une tortue, elle avance courbée et lente, tendant le cou, tournant maintenant le dos à la lumière grise qui coule de la baie. Çà et là, elle s'arrête, se tournant contre le mur, appliquant ses mains, ses doigts, dessinant d'informes silhouettes –

Et soudain, comme si elle avait reconnu quelque chose au mur, elle fuit jusque dans son terrier, se couche, se recroqueville. Sa tête est calée sur des tas de nippes.

Elle songe aux êtres successifs qui avec elle occupèrent cet appartement, à d'autres qui se réchauffèrent au même foyer et se promenèrent sous le même soleil, et qui tous pourrissent quelque part dans la terre.

On a sonné, on sonne, elle a cru que ce serait déjà la nièce, et par le judas elle voit le visage d'une autre. Elle connaît ce visage. Elle s'en méfie. Retrouvant une prudence de chat et des gestes habiles quand un intrus paraît, elle s'est éloignée sans bruit, cherche son long manteau gris.

Elle le trouve toujours, à l'odeur qui l'imprègne (sa vie entière), elle sait où il repose, sur quel tas, au bord de quel gouffre. Comparé aux monceaux de merde, à l'assemblage des matières pourrissantes, aux masses de moisissures, comparé à la simple poussière des choses, il ne sent rien.

Mettant la main dans une de ses poches, deux, trois, dix bestioles en jaillissent. Une puce la mord. La sent-elle ou pas. Qui sait la ponte de combien d'œufs aura permise son sang, combien de larves il aura nourries, en combien de bêtes, dans ce cycle des chairs, elle se sera métamorphosée. Qui sait.

Parce que quelques courtes visites de personnes qui avaient encore *un lien* avec elle n'étaient pas à exclure, elle avait dès le début pris soin de laisser le corridor parfaitement dégagé. Elle accueillerait là les de plus en plus rares visiteurs auxquels de moins en moins elle daignerait encore ouvrir.

Longtemps elle attendit, reste d'espérance humaine attaché au fond d'elle comme un morceau de beurre brûlé au fond de la poêle, qu'un inconnu entre chez elle sans frapper, qu'il la reconnaisse, l'appelle par son nom, l'apprivoise, la caresse, qu'il fasse chez elle sa demeure. L'attendit comme la plaine attend la neige.

Maintenant elle ne sait plus. Elle n'attend plus personne. Elle n'attend plus rien maintenant. Et les seuls hôtes qui prennent ici leurs aises sont les quelques fantômes qui peuplent ses nuits, dont elle reconnaît par éclairs les figures.

Ça sonne encore.

Pour bien tendre la tenture de cuir, pour qu'on ne voie rien de son domaine, elle doit pousser tout un tas, un mètre débordant, dont des journaux s'échappent, tombent avec un bruit mat, la trahissent.

– Ouvrez, Madame –

La voix a dit un nom que la vieille ne sait plus, dont elle s'est défaite, comme d'un habit devenu soit trop grand, soit trop étroit. Cela sonne aujourd'hui comme une vieille nomenclature, une étiquette mitée : elle l'entend avec cette étrange impression qu'on vient d'appeler une étrangère, ou de nommer une chose dont elle sait qu'elle lui appartenait, qu'elle avait elle-même l'habitude de nommer et d'utiliser, mais dont elle aurait à présent tout oublié et dont on ne lui parlerait plus que dans une langue abandonnée.

Une seconde elle cherche le nom qu'elle voudrait maintenant porter, elle cherche un nom commun qu'elle sait encore et qu'elle se donnerait. Un nom bref et sourd et simple comme le mot *sac.*

– Je vous entends, je sais bien que vous êtes là –

Ça s'est mis à frapper, des petits coups rapides.

– Ouvrez, Madame – c'est l'Assistante, je viens juste vous dire bonjour –

La vieille grogne, sans l'avoir voulu. Un vague souvenir remonte en elle, et le mot de *rapport* dans la bouche de la nièce.

Elle marque bien son pas jusqu'à la porte, se racle la gorge, prend une voix gentille :

– Qui est là ?

– C'est l'Assistante, c'est juste pour vous dire bonjour –

– Ah –

Elle tourne le verrou, ouvre la porte. L'Assistante a reculé d'un pas, son visage bondit en arrière, la puanteur la fait pâlir.

Les yeux de la vieille tardent à faire la mise au point, mais elle finit par la reconnaître, la même que la dernière fois, qui demandera les mêmes choses, qui voudra entrer.

Elle la voit entièrement, la tient dans son regard : l'Assistante a un grand manteau vert, des gants, un petit chapeau mauve élégant qui ne doit guère la protéger du froid, mais qui lui sied.

Elle n'entrera pas.

– Ah, tout de même, bonjour Madame, comment allez-vous, je suis contente de vous voir, je voulais savoir comment ça allait, ça va, ça va ? –

D'une seule traînée elle a dit ça, et la vieille devine le geste qu'elle va faire, qu'elle a fait déjà : avancer son pied pour coincer la porte, qu'on ne puisse pas fermer, qu'on ne puisse plus être chez soi, qu'on abandonne son territoire.

Alors la vieille lui saute à la face, avec ce qui lui reste de dents agrippe son maxillaire, juste sous la joue droite : cela pince plus que ça ne mord, mais l'Assistante crie, de peur plus que de douleur, elle crie, recule, pose ses doigts, dont les ongles sont peints, là où la vieille s'est accrochée, là où ça a pincé – et la porte claque, et le verrou est tourné.

La vieille a aussitôt collé son oreille contre la porte. Déjà à l'étage inférieur une porte s'ouvre, et une autre plus loin dans le couloir, et une autre à l'étage supérieur ; l'Assistante gémit et des pas se rapprochent : tous les habitants de l'immeuble à sa plainte s'attroupent.

– Ah, la folle ! La folle !

– Qu'est-ce qui se passe ?

– Je parie que c'est encore la vieille !

– Vivement qu'on la pique, je vous jure !

L'Assistante, la voix étouffant des larmes, pour la vieille crie à travers la porte :

– Demain, je vous promets – je vous promets !

– Qu'est-ce qui vous arrive, Madame ? Qu'est-ce qu'elle vous a fait ?

– Mon Dieu ! Elle l'a mordue ! Faut désinfecter, vite – bougez pas.

La cloison vibre sous son cri contenu :

– Demain, vous allez voir ! Je vais appeler votre nièce, vous savez – et vous allez voir !

– Oh, ne vous donnez pas cette peine, Madame :

la nièce, Zaraoui l'a déjà prévenue, et les pompiers viennent ce soir.

– Il a fait ça, Zaraoui ?

– Il a bien fait !

– Ce soir, Monsieur Jean ?

– Si les pompiers sont pas en grève, oui.

Elle entend leur murmure qui se prolonge, qui ne s'arrête pas, qui ne s'arrête plus, les soins qu'on donne à l'Assistante : il faut bien désinfecter, on plaque un coton bien imbibé d'alcool à quatre-vingt-dix, on appuie bien fort, une infime trace de sang s'imprime sur le coton, comme si la pointe d'une dent avait réussi à percer la peau, à moins que la morsure n'ait fait éclater un petit bouton de fatigue – c'est possible, car l'Assistante a des boutons quand elle est fatiguée. Et là, elle l'avoue, elle est épuisée.

D'ailleurs elle éclate en sanglots, elle n'a pas l'habitude de craquer, mais vous comprenez, en ce moment, c'est difficile, qu'est-ce qu'ils ont tous, on dirait qu'ils sont tous en train de devenir fous, qu'ils lui en veulent personnellement – alors qu'elle n'y est pour rien, c'est vrai, d'ailleurs est-ce que quelqu'un y est pour quelque chose – mais aussi, qu'est-ce que vous voulez, on peut les comprendre, vu la situation : le pays qui explose, le prix de l'essence, le prix du pain, le prix des croquettes pour chat, qu'est-ce qu'il va nous rester, mais qu'est-ce qu'il va nous rester –

Elle se demande, demande. Et personne ne répond.

Monsieur Jean lui tend un carré de mouchoir impeccable, dont un angle céruléen pointait jusque-là hors de sa poche de chemise. L'Assistante secoue d'abord ses mains devant ses narines, s'exclamant :

– Mais comment faites-vous pour vivre avec cette puanteur, c'est odieux –

Elle, elle ne pourrait pas, tout mais ça non, elle ne pourrait pas.

Elle garde le mouchoir sur son nez, Monsieur Jean fait un geste d'abandon, il le lui cède. Et alors que peu à peu des pas s'éloignent, que des portes grincent, se referment, la voix de Monsieur Jean monte peu à peu et résonne dans le vide de la cage d'escalier :

– L'odeur, oui ! Mais l'odeur n'est rien, Madame. Le pire, c'est les cafards. Je ne sais pas si vous avez déjà vu un cafard en vrai, Madame : pas sur un flacon d'insecticide, mais en vrai ! Je ne sais pas si vous avez déjà entendu le grouillement métallique des cafards qui se rassemblent dans l'évier, dans l'égouttoir, sur le lino, partout !... La première fois, ils m'ont réveillé parce qu'ils me chatouillaient, ils essayaient de rentrer par mes narines, par mes oreilles – par mes narines et mes oreilles, Madame ! Et si j'avais dormi les yeux ouverts, ils m'auraient dévoré les yeux ! Et s'ils étaient rentrés par mes narines ou mes oreilles, ils m'auraient dévoré du dedans !... C'est que, quand j'ai allumé la lumière, quand j'ai soulevé mon drap, il y en avait plus d'une dizaine qui se sauvaient en tous sens, là, dans mon lit – plus un qui m'est tombé des cheveux ! Et impossible de les écraser sur mon matelas... Dieu sait quelles saloperies ça colporte, ces affreuses bêtes-là, Dieu sait quelle infection infuse en leur sang !...

Il fait entendre un profond, un puissant soupir. Un soupir plein d'impatience et de menace.

– Moi je ne dors plus, Madame, je ne dors plus ! Je guette les cafards, je ne ferme plus l'œil de la nuit, je les attends dans le noir, puis je rallume soudain – et je les extermine !... Je les entasse, je les empale, je les fais sécher, je les découpe, je les broie, je les brûle... J'en ai des sacs entiers, des colliers – toute une collection ! Des preuves, Madame, qu'on pourra compter, examiner, juger : on verra mon travail, on verra l'étendue des services que j'ai rendus à la collectivité !...

Il marque une pause, fièrement. Puis, soupirant à nouveau :

– Et trois fois déjà le syndic a fait venir les chimistes ! Ça nous tuera avant eux, leurs produits !... Est-ce qu'il va falloir qu'on se change en cafards, nous autres, pour continuer d'exister là ?

Il continue encore un moment, seul, sur le même mode, doucereux, et conclut :

– Il va falloir nous aider, Madame. Il faut nous en débarrasser.

L'Assistante le regarde, ahurie. Elle se tait. Puis un éclair passe dans ses yeux :

– Je comprends, dit-elle soudain, en se redressant, lui tendant ce mouchoir dont elle ne veut plus. Je comprends –

Elle halète bizarrement, s'est peut-être redressée trop vite.

– Je comprends, mais –

– Un jour, un grand malheur va arriver ! hurle alors Monsieur Jean.

Elle recule, s'accroche à la rampe d'escalier. Elle est pâle, et nul ne peut dire si c'est à cause du souvenir de la faible douleur, de l'odeur qui pénètre à nouveau puissamment ses narines, de ce cri brusque ou d'autre chose. Elle aurait voulu finir sa phrase : dire qu'elle ne peut absolument rien pour eux. Le pensant de façon si forte qu'elle croira longtemps avoir réellement prononcé ces mots, qui l'innocenteront.

Pourtant, d'une voix blanche, elle ne dit que Pardon : elle a un autre rendez-vous. Lâchant le mouchoir que Monsieur Jean n'a pas repris.

– Parlez de nous à vos chefs, Madame : dites-leur bien qu'on n'en peut plus –

Elle court, la main sur la bouche, les deux mains, elle a envie de vomir, elle entre dans l'ascenseur qui vite l'avale pendant que le petit homme lui lance encore :

– Après, ce sera trop tard !

Dans l'escalier, Monsieur Jean trouve le petit chapeau mauve qui a roulé jusque-là. Devant sa porte, s'appuyant à la rambarde, il se penche au-dessus du vide, attend.

– Vous avez oublié votre chapeau ! lui crie-t-il quand il l'aperçoit sortant de l'ascenseur à petits pas pressés.

Il lâche le chapeau dans le vide. Mais, ayant levé la tête, ayant revu le visage sans haine de cet homme, elle s'est enfuie, et le chapeau tombe derrière elle alors que la porte de verre s'est déjà refermée, quand elle est déjà dans la rue, quand elle aspire à nouveau l'air glacial de l'hiver.

La vieille attend toujours derrière la porte. Plus rien ne parle ni ne bouge, longtemps. Puis dessous quelqu'un frappe, attend ; on ouvre.

– Dites, Monsieur Jean, pour la vieille, c'est vraiment vrai que Zaraoui a demandé aux pompiers ?

Elle n'entend pas la réponse.

– Et s'ils viennent pas, alors ?

Elle les entend rire.

– Moi, c'que j'pense, c'est un grand coup de mon plat à gratin sur le crâne !... Non, non, vous m'le rendrez demain. Et on avisera – comme ils disent !

Ils rient, encore, et leurs rires bondissent jusqu'à elle comme deux grosses fouines aux incisives acérées bondiraient de marche en marche.

Elle vérifie que le verrou est bien poussé, que sa porte est sans trou.

Que les fouines ne pourront pas entrer.

5

Les voix se sont tues ; attendent la fin du crépuscule.

Sur sa gueule passe le visage d'une bête qui essaierait de compter. Puis un sourire l'assaille, tord sa face, comme une pointe qui cherche une faille tendre en sa chair, sous sa peau, où percer : elle essaie de faire remonter le souvenir de la dernière main qu'elle serra, du dernier baiser offert, de son dernier contact libre et tendre avec l'humanité.

Elle a rouvert la tenture, observe. On dirait que rien ne bouge, là, dans cette tempête figée.

Mille mouvements bactériens pourtant, mille accouplements d'acariens, mille fourmillements ne cessent. Quelque part au fond d'elle, cette vérité la rassure et la réjouit, plus que d'autres les bibelots brillants, les tapis propres et doux, les étagères luisantes, les carreaux resplendissants, les services complets aux assiettes sans fêlure, et l'arôme artificiel de lavande.

Son œil croise une publicité qui vante un nouveau type de couvercle. À moins que ce ne soit un de ces nouveaux petits disques. À moins que ce ne soit l'hostie sainte, élevée par le prêtre, pour la gloire de Dieu et le salut du monde, dans les rayonnements d'or de l'ostensoir. À son habitude elle confond ainsi peinture d'Ève, photo de sa mère, portrait de Marilyn.

Mais parfois, regardant des objets refaire mystérieusement surface, remontent en elle de vagues sensations, des halos tremblants qui ont la translucidité et la grâce des méduses remontant des eaux froides et noires, appelées par un courant chaud ou attirées par la lumière : la pochette de ce trente-trois tours où une voix grave et puissante annonçait dans la langue ennemie la joie ; ces livres où un homme, une femme rêve d'un autre amour, d'une autre vie, d'autres livres ; ces lampes qui ont éclairé des cahiers, un journal, une grille de mots croisés, une couture ou un tricot, ces lampes qui mettant quotidiennement en lumière le vieillissement de la main habituaient à ne pas voir la main vieillir, ces lampes qui se sont tues, ces lampes qui ne diffusent plus aujourd'hui que leur ombre dans l'ombre – etc.

Elle s'est terrée dans le recoin des livres déchirés, quelque part dans ce qui ne fut jamais la chambre de personne. Elle y fait des miettes : se saisissant d'un volume (roman, recueil, dictionnaire, livre de cuisine ou livre pieux, livre de poche ou livre rare), elle en effeuille les pages ; puis elle les déchiquette en une neige qu'elle remue, qu'elle saisit dans son poing et relâche sur le paysage hétéroclite de tout ce qui est là, sous elle. Recommençant ainsi plusieurs fois, avec l'émerveillement d'un singe qui se prendrait pour Dieu.

Des lambeaux de phrases s'accrochent à ses habits, qu'elle entraîne ici et là, qu'elle retrouve, qu'elle enfouit, qu'elle mange, qui se mélangent, qu'elle oublie. Autour, les mouches – comme la chair agglutinée des mots qui s'échapperait des pages déchirées. Elle en aperçoit deux, frétillant ensemble ; qui convolent, se séparent.

Où elles pondent – elle se demande.

Impossible pourtant de les suivre, toutes tournent en tous sens devant elle. Écrivent une page ivre, insaisissable.

Quelque chose soudain la démange. Elle va pour se défaire du long manteau gris, quatre ou cinq mites s'envolent, tourbillonnent, vont pondre ailleurs – quand sa main s'extirpant d'une poche en exhume une vieille photographie.

Carré noir et blanc, pourtour crénelé de crème.

Y figure un garçon à la face béate et difforme. Son

regard ne fixe pas l'objectif, mais un chapelet qui coule de ses mains. Il a posé un genou sur un prie-Dieu.

Qu'est-ce que c'est que ça –

Elle se demande intimement qui c'est. Si c'est un homme, une bête, de quelle espèce. Si c'est quelque chose de plus qu'une image.

On lui a fait faire un costume sur mesure ; on lui a noué sa cravate ; sa cravate est sortie de sa veste.

Au dos, on déchiffrerait une écriture enfantine : *Première communion de Georges, 8 ans, mai 1930.* Mais elle ne tourne pas la photographie, n'y reconnaît pas son frère.

Elle secoue cependant la tête en tous sens, apeurée. Ça s'est mis à lui faire peur.

Elle y jette sa langue comme un veau sur la mamelle, et lèche la photo de son frère Georges, chaque centimètre, pour amadouer le monstre, apaiser le passé, consoler sa peur. Elle lèche, se calmant. Puis range l'image tout au fond de la poche, pour qu'il n'ait pas froid, abandonnant ensuite le manteau sur les choses, aussi facilement qu'une ancienne chrysalide.

Avec sur les bras et les jambes ses verrues, ses escarres, ses plaies et ses ulcères, on dirait alors un vieil arbre mobile, presque mort, un de ces demi-troncs entrouverts, couverts de mousses et de champignons, dans quoi dorment des monceaux de feuilles mortes et qui servent d'abri aux renards. Quant à son visage sale et creusé de rides, il rappelle exactement le tronc de l'acacia, ou celui d'une brûlée vive.

Elle a encore eu envie de pisser. Juste quelques gouttes âcres sur le yucca.

Il lui semble que depuis tout à l'heure il a déjà poussé de plusieurs centimètres.

À son poste de vigie où elle s'est à nouveau traînée, elle regarde des nuages bas, leurs formes pures, blanches, dilatées, libres, montant comme des regrets s'éloignant de la ville ; ils s'amoncellent, puis éclatent et fondent dans la masse grise du ciel. Contemplant ainsi l'espace, lui arrive de voir voguer des formes impossibles, des nuages qui n'ont jamais existé, qui n'existeront jamais.

C'est le tout début d'après-midi.

Elle tourne une seconde la tête vers la fenêtre qui donne sur la rue. Par cet angle sud au sixième étage, de tout l'immeuble elle est une des rares à recevoir autant de lumière : rien que ce mince filet grisâtre dans l'hiver de la ville grise.

Ça ne fait rien. Ça suffit.

Le boulevard grouille. On entre et on sort sans cesse de la brasserie, dont elle observe les clients comme des serpents ou des scorpions au chaud d'un vivarium. Elle les regarde se sourire, se tourner autour, s'emmêler, siffler, se dresser, se pincer, se piquer, se mordre. À côté, les clochards se partagent le quart d'une baguette, en braillant.

Celui qui a la barbe la plus longue et la plus sale jette son quignon aux chiens ; une nuée de pigeons s'y abat, que les chiens chassent, puis le plus molosse mord la truffe de l'autre, harponne le quignon à ses crocs, se couche sous le distributeur automatique de billets de banque, dévore avidement. L'autre s'est assis sous un platane, tire la langue, attend. Les pigeons sont revenus se poser près de lui et glanent les miettes sur le trottoir.

Un souriceau s'échappe d'entre deux monticules, court entre ses jambes. Elle aimerait le suivre, s'extirpe avec peine de là, avance, oublie, cherche un coin stable où s'arrêter, une galerie à réajuster, une tranchée à creuser, sa nourriture.

Se faufilant dans une tranchée, elle jette ses mains comme deux pinces abîmées dans de grands sacs en plastique blancs. Restent une banane, un paquet de galettes au beurre.

De la banane elle arrache la peau avec ses dents, la recrache, mange. Ça n'a pas de goût, ça les a tous.

Qu'elle mange cette banane ou mâche un morceau de carton, ça prend parfois, entre ses gencives flétries, le goût du premier fruit que solitairement elle croqua : un grain de raisin, à même la vigne. Béate, elle perce la perle translucide dont le jus éclate sur ses dents de lait, dégouline sur son petit menton, dans la vigne gorgée de soleil, pendant que les guêpes tournent avidement parmi les grappes –

Elle rit. Les cafards qui passent, s'agglutinent à ses pieds peuvent voir toutes les dents qui lui manquent, tout le rose et noir de sa bouche, et ses pauvres chicots pourris.

Quand elle rouvre les yeux, elle s'est assise, ça balance sous elle, ça s'effondre. Lentement, elle se redresse, s'accroupit. Un catalogue de jouets est là. Elle y reconnaît des machines, croit feuilleter des photos anciennes. Son doigt pointe une figurine jaune, dont son ongle sale commence à gratter compulsivement la casquette bleue. Un filet de bave s'échappe de la commissure de ses lèvres.

La ferme est grande, la ferme est propre. Le bleu de la page est exactement comme le ciel d'alors : une muraille lisse tout autour de la colline, un mur immense, infini, un mur parfait au bout de la plaine.

Passant en revue des peluches d'animaux de la savane, lui reviennent les cris de chaque bête de son enfance qu'elle imite spontanément : chant du coq, cancanage, caquètement, elle bêle, elle beugle, mugit, miaule, aboie, grogne, et ses yeux prennent des bêtes le regard – l'éclat morne du pré, la lueur sale des flaques de la basse-cour, l'ignorance du couteau.

Puis ses yeux fatiguent.

Elle tourne la page, et des monstres s'étalent : en plastique, en tissu, en mousse, en bois. Ils sont colorés, bêtes, affreux, gentils.

On dirait des gens.

Elle lâche le catalogue, s'enfuit de la page.

Elle se glisse jusqu'au terrier, où elle s'allongera. En chemin, repensant au chat, elle soulève un carton, une vieille boîte (péniblement), des magazines, fait s'effondrer une pile, creuse ailleurs.

Il n'est pas là. Il n'est plus là. Il n'y a plus rien. Qu'elle, les choses, et le vide sous les choses, dans les choses, et le vide au-dessus des choses et en elle. Le vide incomblable, partout.

Tapie au fond de son antre, contre la froideur d'épais tissus, elle se saisit d'un bout de plastique qu'elle porte à ses lèvres et mordille entre ses gencives molles, se rassurant. Déglutissant, elle sent la gorgée de salive longer son œsophage, tomber dans son estomac ; éprouve le vide de ses entrailles.

Elle mâche pour oublier elle ne sait quoi. Le goût

du sang revient dedans sa bouche. Pas le goût de la morsure à l'Assistante, mais le goût d'autre chose, d'ancien, d'inavoué. Un goût subtil, et profond.

Des filets de salive rouge aux lèvres, elle se relève ; elle repart en quête du chat.

6

À sa porte on a cogné.

Où est le chat, où es-tu – elle demande à voix haute, en sa langue.

Elle cherche. Elle a besoin de lui maintenant, de le sentir se frotter contre elle, peser sur ses cuisses, elle a besoin d'enfouir ses doigts gourds de vieillesse, ses affreux ongles noirs dans le feu de son pelage, son pelage roux et chaud.

Lui est arrivé de caresser longtemps une souris morte, d'aimer le chatouillement crochu d'un coléoptère dans sa paume. Mais de tous ses compagnons, c'est à lui qu'elle est le plus fidèle, parce qu'il est toujours là. Une fois, le voyant bâiller, elle crut voir un tigre, et se sauva. C'est lui qui revint jusqu'à elle, pour lui lécher les pieds. C'est lui qui revient toujours.

Tous les chats de sa vie se confondent peut-être dans celui-ci qui fut le dernier, et dont elle a oublié le nom, et qui prend parfois le nom d'un précédent :

Glorieux, Poussagrive, Mangedentelle, Matou, Miron, Mironnette, Bigoudi –

Elle cherche tous les chats de sa vie, et leurs noms, cherchant celui-là, son nom.

Derrière elle, elle a entendu quelque chose ; quelque chose a bougé. Elle se retourne. Elle l'a encore vu hier, elle en est sûre.

Elle sent déjà, tout autour, le jour qui s'essouffle, la nuit qui n'est pas loin, qui vient, revient déjà. Cette nuit il sortira de son trou. Traînant derrière lui tous ceux d'autrefois, ils miauleront pour elle comme jamais pour elle n'ont miaulé les hommes. Comme les chats diaboliques au soir de pleine lune, au soir de sabbat, à l'appel de leur maîtresse sorcière :

Viens, mon bon, elle dira ; viens, mon doux, viens, merveille, viens –

Et il reviendra sauter sur ses genoux. Et rien ne pourra lui arriver.

On cogne encore. Elle file à la porte. Ça parle.

– Tantine, enfin ! J'ai bien cru que vous ne m'ouvririez jamais –

Elle s'est décidée à cause de l'insistance des coups, de cette voix connue, minaudant. Et sitôt le verrou poussé, la nièce a donné un petit coup d'épaule dans la porte, la vieille n'a pu que reculer, elle a filé se placer devant la tenture de cuir, barre frêlement le passage.

– Qu'est-ce que c'est que cette histoire qu'on m'a racontée, Tantine ? Vous mordez les gens maintenant ?

La voix est étouffée par le foulard vert qu'elle plaque d'une main contre ses narines et sa bouche.

– Il ne faudra plus, Tantine ! Promettez : plus jamais !

De l'autre main, elle dépose de lourds sacs en plastique puis pointe l'index en avant, secouant le bras pour gronder l'aïeule.

– Plus jamais !

La vieille regarde ailleurs, baisse la tête. Ne sait pas. Ne se rappelle alors qu'une agréable peau parfumée. Comprend qu'il faut promettre, acquiescer.

– Oh, Tantine ! On étouffe ici, vous devriez aérer parfois, vous finirez asphyxiée –

Quand elle relève enfin la tête, elle ne la reconnaît pas, elle se demande si elle connaît cette femme au foulard vert. Elle lâche un borborygme qui passe pour un oui. Elle aimerait savoir ce qu'il y a dans les sacs. Si c'est vivant, si c'est dangereux, si c'est bon.

– Je vous ai apporté de quoi manger, Tantine. Des bonnes choses. C'est bientôt les fêtes, vous savez ? Bientôt Noël – vous vous souvenez, Noël ?

Elle ne se souvient pas plus de Noël que du lundi, du mois de mai ou de l'Armistice. Elle regarde la nièce comme une bête traquée, flairant le piège dans l'appât. Elle n'a pas confiance dans la bouche de la nièce qui dit *Noël*.

Elle ne fait pas un pas, la nièce ; ne tend pas non plus la main. Elle reste à sa place, contre la porte d'entrée, cherchant à l'attirer peut-être ; peut-être prête à fuir. Elle ne tiendra pas longtemps.

Il y a un silence où les deux femmes se regardent, comme deux sentinelles ennemies de part et d'autre d'un fleuve qui serait leur frontière, d'un fleuve qui serait le temps. La nièce a dans le regard de maigres étincelles de curiosité, un sentiment d'étrangeté absolue froisse parfois sa face maquillée ; elle penche la tête comme un visiteur de musée devant une pièce archéologique, comme un visiteur de zoo devant une vieille guenon, pour en voir la pâte, pour en voir les plis. Elle tente de retirer le foulard vert, elle aimerait sourire – mais une sonnerie hystérique retentit : elle se met à fouiller maladroitement son sac à main comme une bête fugitive un coin de terre où dort une bonne racine à ronger, ayant à nouveau plaqué le foulard contre sa bouche.

C'est la vieille alors qui l'observe, et croit reconnaître en elle quelque chose qui lui ressemble ; vérifie qu'elles sont bien de la même famille ; doute.

La sonnerie, étouffée d'abord puis plus forte, s'est tue.

La jeune femme s'est retournée dans l'angle, on dirait qu'elle prie, la tête appuyée contre le mur. Elle se confesse à l'amulette de plastique qu'elle a libérée de son sac, qu'elle serre dans une main comme si elle s'y suspendait, la tenant bien plaquée contre son oreille ; elle parle brièvement, par intermittence, a un petit rire qui chante bien.

Elle est étrange ainsi, et la vieille essaie d'épier par-dessus son épaule, d'entendre : on dirait que sa bouche veut mordre le petit objet ou que son oreille veut l'avaler, et elle dit Je viens, D'accord, Attends-moi.

Puis elle baise l'air devant l'objet, soupire, le range, se retourne.

Ses yeux se sont écarquillés à voir la vieille si proche, menaçante. Elle se raidit, glisse son dos contre la porte, cherche compulsivement la poignée d'une main, agrippant la lanière de son sac de l'autre, abandonnant le foulard au sol, ne prenant pas le risque de se pencher pour le ramasser. Elle parle vite, tousse, bat des paupières, tend la tête en arrière, dit :

Qu'elle a donc eu l'Assistante au téléphone avant de venir, que ça ne peut plus durer, qu'il faut comprendre, qu'elle a aussi eu une longue conversation avec M. Zaraoui, que tout l'immeuble est d'accord, ça ne peut plus continuer comme ça, qu'elle a pris rendez-vous avec le docteur, qu'il a assuré que tout allait bien se passer, qu'il faut comprendre, que quand les pompiers viendront tout à l'heure il faudra être bien sage, que ce ne serait pas raisonnable de rester seule encore, donc qu'il faudra leur ouvrir, (Tantine ne voudrait quand même pas qu'ils aient à défoncer la porte ?) et qu'elle pourra leur montrer qu'elle sait marcher encore, et s'asseoir, et qu'elle sait s'allonger aussi, et qu'alors ils l'emmèneront aux Trois-Roses, qu'elle sera bien aux Trois-Roses, ça c'est promis –

La voix de la nièce déraille, elle est prise d'une quinte de toux, ses yeux brillent :

De toute façon il n'y a pas d'alternative, il ne faudra pas que Tantine se fâche – de toute façon elle n'a plus le choix, c'est une vraie folie de vivre encore seule ici, et dans ces conditions, à son âge, elle y sera vraiment bien aux Trois-Roses, elle peut être rassurée, tout est prévu, aux Trois-Roses des gens très gentils l'attendent, d'ailleurs la nièce a déjà un numéro de réservation, là, dans son sac, elle a même son numéro de chambre, son code pour le téléphone et son code pour la télévision, ils sont différents, mais elles en reparleront –

Elle appuie alors violemment sur la poignée, se retourne.

– Je dois y aller, Tantine.

On dirait que des larmes vont déborder, d'impatience. À moins que les miasmes n'irritent ses yeux.

– Je viendrai vous voir, là-bas. Bientôt.

Elle claque la porte sans la regarder. Elle se jette dans l'escalier, on entend ses talons claquer à toute allure. Elle s'est enfuie.

La vieille reste longtemps à regarder la porte, les dessins que font les nœuds du bois, y contemple des bêtes fabuleuses. Ses bras pendent le long de son corps, sans haine. Elle sent que quelque chose va se passer, qu'ils veulent en finir, que c'est son dernier combat. Qu'elle a déjà perdu. Elle voit sur la porte un désert ocre que traverse une caravane de chameaux, elle voit des étoiles noires luire au-dessus d'eux, un grand feu dans l'âtre, une coupe de mandarines, des flacons de vin, des rubis, et un gros gâteau à la cannelle, soleil roux.

Une pile a dégringolé, le sol s'est ouvert sous elle, son front a cogné contre l'arête de la commode. Elle saigne, évanouie. Quand elle rouvre les yeux, elle touche ses tempes, observe le sang au bout de ses doigts, renifle.

Elle se soulève et cahote en direction de son

mirador. Où est le chat, pourquoi n'est-il pas venu lécher le sang.

Où, pourquoi –

Il était venu lécher son poing écorché, sanguinolent, quand, dans l'aube grise rentrant d'une de ses escapades des débuts, ayant déposé les fruits de sa quête (cartons et emballages piochés derrière les grands magasins, trombones, piécettes, chewing-gums et boutons ramassés sur le trottoir, bouquets fanés et plantes sèches cueillis au cimetière), elle s'était assise dans le gros fauteuil, pour arracher les éclats de verre qui s'étaient plantés dans sa chair : elle avait passé sa main à travers la vitrine d'une banque, qu'elle avait brisée d'un gros caillou, afin d'y saisir une publicité rose où souriait un couple heureux.

Elle était forte encore, elle avait couru, les bras encombrés, dans le retentissement strident de l'alarme, ne s'étant arrêtée que pour hurler de peur – puis de rire, à voir une bouche d'égout remuer devant elle et en jaillir deux filles : nez, sourcils, mentons percés de fer, cheveux roses, cheveux verts, titubantes, au martèlement sourd d'une musique électronique qui montait des mondes souterrains, et dont elle sentait, immobile, la secousse en son sang.

C'étaient de longues nuits de quête dont elle revenait essoufflée et blême. Elle collectait tout ce que la ville abandonnait, tout ce qu'elle n'avait qu'à saisir; l'affiche fut la seule chose qu'elle vola, la dernière chose à lui *faire envie.*

Elle s'endormait ensuite dans le fauteuil énorme et mou, faisait couler de l'eau, s'aspergeait le visage, buvait en penchant sa tête sous le robinet, disposait les objets récoltés dans tout l'appartement, les répartissant avec soin, dans un ordre fou. Quand le sol serait partout jonché, elle se contenterait de combler les interstices, d'aplanir autant que possible ce tapis, se concentrant sur la seule conquête verticale du vide, sans hiérarchie, sans ordonnance. Puis elle ne sortirait plus.

Elle ne sort plus. Car maintenant le monde est là, à l'image de ce vieux planisphère écrabouillé sur quoi elle a tout à l'heure trébuché, quand a rejailli le hurlement d'un nourrisson.

Il hurle de très loin, du rez-de-chaussée sans doute. On dirait qu'il crie depuis les fondations de l'immeuble. Elle se demande si un bébé pleure au fond d'elle, depuis longtemps, et qu'elle l'entendrait enfin; elle se demande s'il s'agit du cri d'un des enfants qui avant le terme abandonnèrent ses entrailles; elle se demande si c'est l'enfant qu'elle fut qui hurle ainsi, depuis toujours, et qu'elle l'entendrait enfin –

C'est alors que le sol se fend, qu'elle tombe, que sa tête donne sur la commode.

Lorsqu'elle parvient devant la baie, elle remarque enfin les lumières bleues des gyrophares qui clignotent à son plafond.

Elle voit d'abord une grande flaque noire devant une voiture verte en travers de la route, comme si le moteur avait perdu toute son huile. La camionnette des pompiers arrive en sens inverse, ralentit, se gare en montant sur le terre-plein central. Sur les trottoirs les passants se sont attroupés, une femme porte la main à sa bouche, des enfants écarquillent les yeux, quelques étudiants commentent, un commerçant décrit, un ivrogne raconte. Les clochards, on dirait qu'ils viennent de rire, ils s'essuient les yeux, entament une chanson. D'autres détournent le regard, passent, comme si de rien n'était. Quelques-uns s'arrêtent, secouent simplement la tête, pour déplorer ou acquiescer, et repartent.

Quand elle voit la camionnette des pompiers, elle craint d'abord qu'ils ne soient là pour elle : le Gros a parlé des pompiers, la nièce a parlé des pompiers, elle sait. Mais ils ont l'air bien occupés, descendent sans jeter un regard à son étage, contournent la flaque noire, s'agenouillent derrière la voiture, échappent à sa vue.

Vient une voiture de police, un policier écarte la foule, un autre interroge un témoin, à moins que ce ne soit le conducteur du véhicule vert barrant la moitié du boulevard. L'homme regarde en effet la voiture vide dont la portière est restée ouverte et tend les bras comme s'il agrippait encore le volant, comme s'il voulait retenir sa voiture, freiner, freiner à temps ; son regard brille d'abîme, son geste respire sournoisement l'inutilité.

Une autre voiture de police se gare, pour organiser la circulation, pendant que le premier agent demande à présent aux passants de reprendre une activité normale : on fait reculer et tourner les voitures dans la petite rue, les gens finissent chacun par obtempérer, le flux peut reprendre.

Les chiens sont venus remuer la queue près des pompiers, qui ne les ont pas même remarqués. Puis le plus petit avance sa gueule, flaire le sol, se met à laper la flaque noire. Un pompier se retourne alors et lui donne une puissante gifle sur la truffe. L'autre, le molosse noir, montre les crocs, mais recule quand le pompier se lève ; il aboie en retournant vers ses maîtres, qui gueulent quelque chose pour sa défense.

Enfin, une dépanneuse. Les pompiers sont debout, l'un tient entre ses mains un sac à main, et regarde obstinément le sol ; il a l'air tout à fait ridicule, avec ses bottes, ses gants, sa combinaison noire et ce petit sac jaune. Un autre s'essuie le front, d'autres rapportent une civière. La dépanneuse recule, tire la voiture.

La vieille découvre alors le corps d'une adolescente, étalé. Elle a les yeux fermés, le froid bleuit ses lèvres. C'est de son crâne vraisemblablement que l'épais jus noir qui l'entoure est sorti. La vieille n'a qu'à peine le temps de chercher quel pays d'autrefois pourraient représenter les contours de cette flaque qui gèle au sol. Tout va très vite : le corps disparaît sous une couverture de survie, on passe un jet d'eau pour tout effacer, la dépanneuse s'en va, la camionnette des pompiers s'en va, tout redevient aussi normal que si rien ne s'était passé.

Les policiers regagnent leur voiture, embarquant l'homme aux bras prostrés ; l'un d'eux est allé interroger les clochards : ils ont haussé docilement les épaules, répondu gentiment. Ils crachent derrière lui dès qu'il a le dos tourné.

Elle est soulagée quand le dernier pompier claque la portière de la camionnette, quand elle voit la camionnette disparaître tout au fond du boulevard, à vitesse normale, sans que retentisse la sirène, gyrophare éteint.

C'est comme une petite victoire. Ils ne sont pas

encore venus pour elle, il lui reste quelques heures de répit, et peut-être ils l'oublieront, et peut-être ils ne la trouveront pas. Elle aura retrouvé le nom d'un pays où fuir, qui n'existe plus.

7

Le chat n'est pas au terrier, ni autour. Peut-être dans le corridor, à se faire les griffes sur le parquet.

Elle tire doucement la tenture, pour ne pas l'effrayer, regarde chaque latte ; il n'y est pas. Elle tourne sur elle-même, lève péniblement la tête, cherche au plafond, l'appelle en faisant claquer sa langue sèche, comme s'il était invisible, comme s'il dormait à l'envers, couché contre le plafond, et qu'à son appel il pouvait apparaître.

Dans la cuisine, elle n'a pas encore regardé.

La petite pièce est toujours aussi sombre que les toilettes ou la salle de bain : la porte-fenêtre qui s'ouvrait sur un étroit balcon donnant sur la cour intérieure est presque entièrement bouchée, et le balcon lui-même rempli de bacs et de pots de fleurs vides, empilés, des feuilles mortes s'entassent entre des chaises pliantes en plastique et un étendoir où des cintres s'écaillent, rouillent, s'entrechoquent avec des sons de clochettes quand le vent passe.

Elle renifle, à petits coups. On n'y voit déjà plus qu'un peu. L'interrupteur est enseveli et l'ampoule morte.

Soudain des cris retentissent dans la cour intérieure :

– Foutez le camp, vous m'entendez !

Des fenêtres s'ouvrent.

– Étudiants de merde ! À cause de vous, tout ce bordel ! Petits branleurs !

Des voix jeunes, inhabituelles dans la cour, répondent et couvrent des bruits de pas précipités :

– Mort aux bourgeois !

– Fous le camp, rouquin ! Ou j'appelle les flics !

– Mort aux flics !

– Mort aux vieux !

– Morts aux morts !

– Fermez-la, petits cons ! Fermez-la et disparaissez !

On entend des pierres cogner les murs, une vitre implose, puis les jeunes courent quatre à quatre dans la cage d'escalier, se dispersent dans les étages, font brusquement silence.

Des volets claquent. On n'entend plus rien. On n'entend vraiment plus rien. Ils se rapprochent peut-être, à pas de loup, de chaque porte. Ils sont armés peut-être.

Elle demeure immobile, inquiète comme une bête qui entend sonner l'hallali. Elle est au milieu de la tranchée qui mène à l'évier.

Elle se rassure.

Elle sait qu'ici lorsque la nuit régnera, au plus noir, quand elle viendra jusque-là ouvrir l'eau, elle entendra une voix familière et lointaine lui parler, dans une langue qui lui est aujourd'hui propre, et qu'il me serait impossible de traduire.

Elle sait que, sans qu'elle ait à baisser les paupières, tout alors se transformera : les flots du souvenir afflueront en elle et viendront abattre les étroites cloisons, les bibliothèques enfouies et leurs livres défaits redeviendront arbres, fleurs et fruits, la tenture de cuir et de vieilles couvertures de laine se transformeront en vaches et moutons, l'eau des conduites se fera ru, ruisseau, rivière, chaque parcelle d'ombre au mur se fera immense nuage sur la plaine, et chaque toile d'araignée se fera soleil, la nuit printemps, et la vieille femme petite fille.

Elle est calme.

On dirait que le grand silence qui tout à l'heure s'est fait dehors vient de plonger en elle. Elle cligne des yeux, ses paupières battent comme des papillons affolés ; quelque chose pique, quelque chose brûle ses pupilles. Elle espère la nuit, l'eau ouverte, elle espère la voix qui déroulera dans le désordre les vieux rouleaux de ses synapses, comme pour dire les fragments d'un vieux poème barbare.

Autrefois, elle venait sur ce balcon fumer une cigarette, observait les vis-à-vis. Dans la nuit, la cigarette d'un voisin s'allumait en face, comme une réponse qui clignotait régulièrement, qui mourait à chaque vague bouffée blanche qu'on devinait. Elle voyait aussi la lueur bleuâtre des écrans baver dans les intérieurs clos, déborder derrière les rideaux tirés. Parfois retentissait un générique criard, une dispute, un bris de vaisselle. La plupart du temps, la cour était calme, morne. On évitait les regards, on ne s'interpellait pas ; on ne levait même pas la main pour se saluer.

Elle entassa là aussi des choses. Elle ne fumait plus. Elle se tenait debout, regardait. Les visages se tournaient vers elle, fronçant les sourcils, avec des mines de dégoût. On tirait les enfants par la manche, qui demandaient ce que la vieille dame faisait, pourquoi elle les regardait et pourquoi ça puait comme ça quand elle ouvrait sa fenêtre. Car l'odeur la faisait déjà repérer.

Une nuit, une nuit de printemps, elle lança un dernier regard au mouchoir noir mité d'étoiles que faisait la nuit au-dessus de l'étroite cour. Un vagissement plaintif se fit entendre, comme si un tout petit enfant appelait, perdu. Se penchant, la vieille vit deux yeux luire. Ceux d'une chatte en chaleur, prisonnière tout en bas, entre les grosses poubelles, appelant, suppliant tous les mâles de l'immeuble. L'air était tiède, les miaulements d'égorgé continuaient, lents, profonds, résonnant contre les hauts murs. La vieille attendit qu'un matou paraisse (est-ce que le sien dormait, est-ce que le sien s'était déjà perdu), un matou se montra : la vieille regarda les deux bêtes s'emboîter.

Une femme parut seins nus à la fenêtre d'une chambre, s'enroula entre des rideaux rouges, en jaillit à l'entrée d'un homme, éteignit la lumière en riant, se jeta dans les bras de cette ombre. Les dernières lampes s'éteignirent, les écrans cédèrent la place à la nuit. Tout se tut.

Restée seule sous les étoiles, la vieille eut un bâillement qui imita mièvrement les appels de la chatte. Rien ne répondit. Elle regarda les trois murs éteints et muets face à elle, et le plafond de nuit que les nuages avaient rendu plus noir que l'encre. Elle fit quelques allers-retours du bureau au balcon, pour le combler ; puis elle referma pour toujours cette porte-fenêtre que rapidement des choses vinrent condamner. La petite cour et les vis-à-vis disparurent.

De longues semaines après, elle revint dans la cuisine allumer le gaz et contempla le jour durant les flammes bleues jaillir des brûleurs avec un sifflement feutré. C'était comme la lampe rouge des églises, près du tabernacle, qui signalait la présence réelle. Quelque chose était là, avec elle.

Les deux nuits suivantes, quand elle se réveillait, elle passait la tête dans la cuisine, regardait les flammes bleues illuminer la nuit, n'osant entrer, déranger le dieu qui dormait là, veillant mystérieusement sur elle. Quand au matin du troisième jour la bonbonne de gaz fut vide, les flammèches mortes, elle crut que le dieu était allé trouver refuge dans le fatras des choses ; un jour elle recroiserait ses flammes bleues, qu'elle pourrait alors tenir entre ses doigts ; ça ne la brûlerait pas, ça lui ferait du bien. Puis elle crut que le dieu l'avait tout simplement abandonnée. Puis elle oublia.

La tête tournée vers la porte-fenêtre obstruée, voyant les marques que ses doigts gras ont faites sur les vitres (traits, croix, cercles, runes), elle sent avec force une soif affreuse monter en elle, inextinguible ; elle se jette sur le robinet, arrose ses joues, lape confusément.

Est-ce pas du chant de l'eau, est-ce pas de la nuit qu'elle a soif, d'une présence bleue –

Elle caresse ses joues mouillées. Mais l'eau ne dit rien, fait son bruit de flux, de torrent domestiqué, c'est tout.

Le chat, elle y songe soudain : c'est lui qui a dû manger là le dieu bleu, de ses griffes en défaire les flammes. Accroupie, elle gratte la tranchée pleine de papiers, d'épluchures sèches et noires, de coquilles d'œuf broyées. Elle va jusqu'à retrouver le dallage hétérogène en mosaïque vieillotte : constitué de petites taches mauves, brunes, grises, orange, noires, blanches, sur un fond pâle, une sorte de vert terne, on dirait à bien des endroits que quelqu'un a vomi et que se sont imprimés au sol les restes sectionnés, écrasés, broyés et à demi digérés d'un repas bariolé.

Elle parcourt la galerie à quatre pattes, guette les yeux luisants du chat dans les interstices ternes des choses, au ras du sol, tapote le dallage de ses ongles. Quand elle se relève, elle a oublié qu'elle cherchait le chat. L'eau coule encore. Elle regarde encore l'eau. L'arrête.

Et alors qu'elle est debout, et alors qu'elle a oublié le chat, alors qu'elle ne songe qu'à l'eau et à la nuit, elle entend un lointain, un faible miaulement, comme si le chat l'appelait depuis la chambre, enfoui sous les choses.

Autour de la tenture déborde une lumière grise qui, comme elle vient de la cuisine, l'éblouit. Elle n'arrive pas jusqu'à sa tanière, elle ne sait pas où elle allait, le chat ne miaule plus, n'a jamais miaulé. Elle est toujours dans le corridor où, avant de tirer la tenture, elle a entendu faiblement craquer le parquet derrière sa porte.

Quelqu'un est là –

En temps normal, ce pourrait être le facteur. Il est si discret. Obscurément, elle aime ce moment de ses journées, ce milieu des grands après-midi où elle entend les publicités (lettres promotionnelles, tracts, cartes de visite des nouveaux commerces), comme une bête grattant, glisser sous sa porte. Le facteur n'y arrive jamais du premier coup. Il lui faut chercher la fente, ni trop à gauche ni trop au centre, par quoi ça passe. Il a trouvé ce moyen pour se débarrasser de la paperasse destinée à la vieille, et du rare courrier à son nom. En bas, la boîte aux lettres déborde depuis longtemps.

Quand il sonne (pour un catalogue, une publicité trop épaisse, les annuaires, le calendrier), il n'insiste jamais ; elle l'entend pester à voix basse, la traitant de vioque, de tarée, de déchet. Si alors elle ouvrait, il se forcerait sûrement à sourire, il ferait sûrement l'effort de mots aimables.

Chaque fois elle attend de ne plus l'entendre sur le palier ; attend qu'il soit redescendu de l'étage du dessus, et qu'il ait, comme un qui a fini sa journée et court au loisir, dévalé gaillardement l'escalier ; attend le claquement ténu, depuis tout en bas, de la grande porte cochère : alors elle se précipite dans le corridor, se saisit de tout ce qu'il a pu glisser chez elle ou qu'il a laissé dehors sur le seuil, ne lit rien, va dans l'ancien bureau, pose tout parmi les livres détruits, parmi les pages à déchiqueter.

Parfois, ses yeux chassieux parcourant le carton publicitaire d'un nouveau plombier efficace et ponctuel, d'un nouveau centre de fitness ou d'une nouvelle pizzeria, lui apparaissent des correspondances imaginaires : lettres de fantômes croisés la nuit, d'anciens amants, de ses parents, cartes postales du passé, venues des pays d'oubli, de l'enfant qu'elle fut, de Georges.

Mais voilà deux semaines que le facteur ne passe plus. Elle n'est plus habituée à la présence de quelqu'un au milieu de l'après-midi, juste là, si près, juste derrière sa porte.

Qui est là, qu'est-ce que c'est –

Est-ce qu'ils sont là, déjà, prêts à l'envahir, est-ce qu'il faudra encore mordre –

Sur le palier la lumière s'est automatiquement allumée, la fine fente sous sa porte laisse voir un trait jaune qui lui fait l'effet d'un sinistre rictus.

Qui est là, qu'est-ce que c'est –

Elle se tient prête, immobile, respirant à peine. Un triangle blanc apparaît, lentement poussé, se change d'un coup en rectangle. Des mots y sont écrits en majuscules, en gros caractères noirs, avec des points d'exclamation.

Elle ne bouge pas. Derrière la porte, on s'est relevé, on chuchote, on se dirige prudemment vers l'escalier. Descendant, on est rejoint par d'autres chuchotements, de moins en moins méfiants, de moins en moins prudents, et on se met à rire.

Quand tous les étudiants sont rassemblés au rez-de-chaussée, ils hurlent de concert une bordée de slogans et d'injures. Une porte alors s'ouvre dans l'escalier. La vieille entend Monsieur Jean soupirer :

– Mon Dieu, ils sont encore là –

Tandis que dans la cour, d'une fenêtre, quelqu'un gueule :

– Dégagez, on vous a dit ! Foutriquets !

On entend quelque chose se briser. Ils sont déjà partis.

C'est retirée dans son terrier qu'elle contemple ce qu'ils ont fait passer sous la porte – un tract glissé sous chaque porte de l'immeuble, et qu'ils distribueront dans tous les immeubles de la rue, de l'avenue, de l'arrondissement, de la ville, à la lecture de quoi le pays va se réveiller, et l'Europe flamber dans un brasier de colère et d'espoir. Rejoignons-les ! Tous à la manif ! Contre les puissances d'argent, contre le système établi, contre l'ordre des choses et contre l'organisation du monde ! Dès ce soir, et tous les autres soirs ! JUSQU'À LA FIN DE LA LUTTE !! JUSQU'À LA VICTOIRE FINALE !!!

Elle ne déchiffre pas. C'est le blanc de la page qu'elle regarde. Elle s'étonne de ces insectes immobiles que sont les caractères sur le papier, comme des coléoptères figés sur la neige. Elle leur cherche des ombres et n'en trouve pas. Cela l'effraie, tout ce blanc enfermé dans ce rectangle, cette pureté géométriquement contenue, que la main peut saisir, plier, réduire.

Elle laisse tomber le tract comme une feuille morte, se dirigeant en brinquebalant vers la baie vitrée.

Le crépuscule insensiblement épaissit, comme si les ombres des passants, lentement, s'agglutinaient dans l'atmosphère. Mais elle ne regarde ni les gens ni l'air autour d'eux, ni le pavé ni le ciel, que son reflet neuf dans la vitre, et la vitre sous son reflet.

Elle voudrait y dessiner les lettres du tract abandonné, non les mots qu'elle n'a pas lus, mais la forme des caractères, traits croisés, superposés, ronds, lignes courbes, diagonales, droites perpendiculaires ou parallèles, et la verticalité des points d'exclamation, et le soleil noir abandonné à leur base, comme une larme, comme un cratère, comme le trou où tout finit.

Elle joint ses doigts, sa main contractée fait une grosse araignée, elle trace des lignes verticales, épaisses et grasses. Ce sont des barreaux, des poteaux électriques, des potences, des chemins qui tombent sans aller vers rien, des troncs nus, sans branche ni racine.

Soudain, elle tremble, elle voudrait se cacher. Elle se tasse, rampe en arrière. Elle regarde tous ces traits, qu'en son esprit elle superpose aux points d'exclamations du tract : elle voit des hommes au garde-à-vous, dont on a décidé de couper la tête, et qui la traînent à présent comme un boulet.

Elle tend ses vieilles jambes molles, tord ses vieux bras maigres. Elle, elle veut garder cette forme d'arbre noueux, de chêne tordu ou d'olivier centenaire que parmi les humains prennent les vieillards.

Autrefois (mais elle ne sait plus quand), autrefois dans ses journées trop pleines, dans ses jours pénibles qui n'étaient qu'une longue liste de tâches effectuées, mentalement cochées une fois qu'elles étaient accomplies pour la seule satisfaction de supérieurs toujours insatisfaits, gloutons, ogres – elle rêvait, rentrant ici, de dévisser sa tête de son cou, de la prendre sous son bras, de la pouvoir déposer sur la terre, ou de la confier au repos d'une machine, qui laverait, adoucirait, qui réchaufferait.

Aujourd'hui elle a peur de ça : qu'ils viennent, la démembrent et la décervellent. Qu'ils montent la changer en point d'exclamation.

La lune se montre, pleine et pâle, dans une brusque trouée des nues grises.

Elle a peur, exactement comme a peur des rapaces le mulot, en sortant le museau de son trou.

8

Le dernier mot qui lui resta, avant qu'elle ne sache plus (avec une sorte de hoquet terrible) que dire non, fut l'adverbe *absolument*. Elle témoignait alors absurdement de la véracité de chaque propos. Elle consentait, à tout, pour tous, toujours – sans savoir déjà plus à qui, à quoi. Jusqu'à ce qu'elle abandonne la parole, elle parvenait à dire lentement, assez distinctement pour qu'on la comprît, ces quatre syllabes qu'elle répondait à quiconque l'interpellait dans l'immeuble ou dans la rue, produisant des confirmations absurdes, des bénédictions nihilistes. Vous cherchez quelque chose, Madame : absolument – comment allez-vous : absolument, absolument – mais où allez-vous à cette heure en chemise de nuit : ab-so-lu-ment.

Elle accompagnait le mot de vifs hochements de tête.

Ainsi les habitants du quartier qui avaient encore

l'habitude de la croiser, même les plus bienveillants, finirent-ils par ne plus lui poser de question, ni même la saluer. Ils en vinrent à ne plus même croiser son regard silencieux et, pour eux, elle disparut.

Dans l'ancien bureau, elle est venue coller son oreille au mur mitoyen. Elle y peut entendre le jour durant crachoter le vieux poste de radio d'un voisin, qu'elle croit n'avoir jamais croisé, ni même entendu. La radio chez lui fonctionne toute la journée, et on n'entend rien d'autre, jamais : ni voix vivante, ni toux, ni sonnerie de téléphone. Il est sûrement veuf et n'a sûrement pas d'enfant. Est-ce qu'il existe encore.

Ce ronronnement continu lui plaît. La calme, souvent.

De biais, elle distingue des choses sous elle : sachets de sel, morceaux de sucre, notes, cartes de fidélité, papiers de bonbon, mouchoirs, cartes à jouer, câbles électriques, papiers-cadeau, tasses, feuilles mortes. Dans tout des fourmis se promènent, une araignée, des cafards :

toujours pas d'accord alors qu'au vingt-troisième jour d'appel à la grève générale et de manifestations dans une situation de plus en plus tendue et qui ne semble pouvoir aboutir à rien on redoute encore d'importantes perturbations et des violences puisqu'une nouvelle manifestation s'élancera tout à l'heure place de la –

Elle écoute. On dirait que les bêtes veulent écouter aussi : elle ne voit plus rien remuer, n'entend plus rien bruire. Les fourmis immobilisent leurs frémissantes antennes.

La voix, les voix qui parlent de l'autre côté de la cloison ne sont pour elle que diverses sourdes modulations d'une seule et unique voix. Elle essaie parfois de retenir des mots que prononce la voix, comme on tenterait d'attraper des papillons avec un sac-poubelle.

Aujourd'hui elle a envie de répondre à la voix, de lui dire non ; mais elle ne veut pas que la voix l'entende, ou ceux qui sont derrière les cloisons, les habitants de l'immeuble, les habitants de la ville, tous les hommes qui peuplent le monde.

Elle écoute encore, plaque un peu mieux son oreille au mur :

ainsi que dans tout l'arrière-pays temps progressivement instable sur les régions du Sud-Ouest temps de plus en plus gris sur tout l'est du pays alors que le froid va durablement s'installer sur l'ensemble du territoire avec une moyenne de plus de deux degrés en dessous des moyennes saisonnières et toujours pas d'amélioration prévue demain ni –

Vite, elle s'est écartée. La peur est soudain revenue,

lui étreint le cœur, lui serre la gorge. Elle a reconnu la voix, la voix qui parle sans cesse, de l'autre côté. C'est la voix claire du dehors, la voix fluide des ennemis.

Alors elle sait. Ils sont là, partout. Dehors, au-dessus, au-dessous, à tous les étages, et même à côté. L'écoutent, l'observent, la surveillent. Ils vont venir, le Gros, la nièce, les pompiers. Ils sont déjà là, ils sont déjà prêts. Ils vont venir lui arracher les bras, lui arracher les jambes, lui dévisser la tête, la faire rouler très loin d'elle, la faire rouler le long du boulevard, la jeter dans la ville, et les bêtes des égouts n'en sauront rien, ne viendront pas à son secours – ils jetteront sa tête dans la foule, et les petits enfants des hommes taperont dedans comme ils font dans un ballon.

Rien ne semble plus pouvoir la rassurer. Elle va de son crâne fracasser la baie vitrée, se laisser tomber en avant dans le vide, chuter comme une chose morte, s'aplatir sur le boulevard. Elle gardera les yeux ouverts.

Ça fera rire les clochards ; ça fera peur aux gens qui passent.

Elle tourne sur elle-même, affolée, avance, ballottée par l'inégalité des tas. Brusquement des pigeons viennent battre des ailes devant la baie ; ils sont une dizaine à s'être détachés de la grappe qui court au-dessus de l'avenue, sur les toits des immeubles d'en face. Ils aiguisent sa peur : elle sent quelque chose derrière elle, se retourne. Leur ombre bleue se reflète sur les murs, leurs ailes battent l'air, dominant le flot du boulevard, son brouhaha permanent, leurs ailes frappent l'air comme des mains qui applaudissent. Dans le séjour, sur les murs tout autour de son terrier, ils dessinent une grande nuée mouvante, une vague qui va, qui vient, large, épaisse, qui se contracte, qui se dilate, figurant le lent battement cardiaque du crépuscule.

Elle se réfugie en son terrier, regarde cette ombre vaste la cerner, elle se laisse bercer par son rythme. Elle attend.

Elle s'est endormie, une heure ou quelques minutes. Les tons bruns, marron de ses vêtements, des chiffons qui la recouvrent, cachent ses cheveux, et l'ambre de sa vieille peau sale font d'elle comme un gros tas de feuilles mortes. Elle a du mal à ouvrir les yeux, ses paupières collent.

Un peu plus de pénombre l'entoure encore. Son terrier prend l'apparence d'une caverne, l'œil distingue mal les lignes que font les choses, nimbées de la couleur blanchâtre du calcaire ; certaines piles figurent assez bien de grosses stalagmites, certains tas des rochers inquiétants.

Elle aimerait rester là, s'y tenir comme en un ventre.

Quand ses yeux sont complètement ouverts, qu'elle se redresse, une nouvelle ombre lui fait face, que dessine un instant le peu de jour qui, filtré, perce jusqu'au fond de son terrier ; est projetée la silhouette d'un tumulus humanoïde.

Mais l'ombre semble se détacher du mur, prendre relief, avancer. Elle saigne. Elle est faite de lambeaux de nuit. Elle saigne et elle est pleine de poussière, l'ombre qui vient vers elle.

La vieille aimerait articuler quelque chose, fuir. Mais elle ne sait plus parler, mais elle ne peut plus bouger.

Elle observe ça qui vient vers elle, qui veut comme lui confier quelque chose. On dirait qu'on a traîné à travers toute la ville ce qui fut un corps, celui d'un homme grand, aux muscles épais, encore jeune. On dirait qu'on lui a fait subir les derniers outrages, pour le punir de je ne sais quoi, pour venger les souffrances et la mort de je ne sais qui.

Il porte entre ses bras plusieurs objets, qu'il lui tend. Elle ne s'approche pas, mais les objets invisiblement passent de lui à elle, elle les retrouve à ses pieds.

C'est d'abord une sorte de boule, légère, avec diverses aspérités. Elle regarde longtemps, serre dans sa paume cet objet qu'elle ne reconnaît pas d'emblée. Il est parcouru de traces de bave, qui dessinent comme des bandes de scotch. Puis ses yeux s'attardent sur les pommettes peintes, puis de son index elle caresse les longs cheveux blonds. De bonheur, l'ayant reconnu, elle lèche ce visage à qui elle confiait tout ; du bout usé de sa langue, elle lèche les joues, le front, le trait des sourcils, les pupilles bleues, le trait des lèvres, et, sous la chevelure, cet endroit sans trou ni relief, sans même un dessin, cet endroit parfaitement lisse et blanc où devraient figurer des oreilles.

Ses doigts tremblent. Cette peau lisse, ce nez retroussé, ce sourire d'ange, ce beau masque de l'enfance que les années ont recouvert – on dirait que c'est elle-même qu'elle reconnaît dans ce qu'elle croit être une tête de poupée et qui n'est qu'une coquille d'escargot.

Elle serre ce fragile petit visage, cette présence chaude de l'invisible passé.

Puis l'étrange vision transmet un long écrin de bois clair : elle retrouve sa merveilleuse boîte aux cinquante crayons de couleur, répartis sur deux rangées d'arc-en-ciel. Toutes les couleurs de l'univers y sont, l'univers entier en pourrait sortir ; un monde plus beau que le monde y dort : toutes les couleurs des ciels, des fleurs, de la terre, toutes les nuances des choses et des figures, des étoffes et des yeux.

La pourpre impériale
le rouge vénitien
le rose géranium
le bronze
le vert émeraude
l'ocre brun
l'outremer et le jaune citron
le vert de jade et le jaune paille
le vermillon pâle
le bleu ciel et l'or –

Il y a de quoi corriger les lumières imparfaites, les adoucir jusqu'aux limbes ou les forcer jusqu'à l'éclat ; il y a de quoi donner chair aux spectres, illuminer sa peur, transfigurer les remords.

Humides sont ses joues, son menton, sa gorge fripée, et tout le haut de son crasseux chemisier. Sans ressentir le chagrin qu'épanchaient ses yeux, ont coulé d'abondantes larmes, tandis qu'elle tient dans sa serre cette longue boîte cartonnée qu'elle a ouverte, et dans quoi, la lâchant, elle laisse dormir de longues allumettes.

Le spectre est toujours là, qui lui tend un livre. *Robinson Crusoé.* Le titre figure au-dessus de l'île neuve, entourée d'eaux sauvages ; le héros guette une voile à l'horizon, son fusil suspendu à la poutre de sa cabane. Elle ouvre l'album, reconnaît les dessins en noir et blanc.

Une phrase alors affleure en son esprit, comme le bris du vieux navire enfoui brusquement remonté à la crête d'une vague, comme un fragment déchiré de vieil oracle revenu à la surface de tout, comme si en cet instant c'est sur une page secrète de son âme qu'elle parvenait enfin à déchiffrer ceci : *Quand j'arrivai en Angleterre, je m'y trouvai aussi complètement étranger à tout le monde que si je n'avais jamais habité ce pays* –

Et le fantôme, faisant un pas :

– C'est pour toi, ma petite chérie. Pour toi –

Il ne porte plus à présent dans ses bras qu'un étrange petit paquet, sentant le nénuphar et les joncs. Encore un pas, et elle distingue le cadavre d'un enfant difforme, d'un petit monstre plein de boue, dont la gueule est celle d'un gros crapaud, ou de quelque génie des marais : des jambes blêmes avec des taches, comme des troncs de bouleau ; des sangsues collées aux pieds ; des bras et des doigts palmés par une glu noire, comme des branches tordues et des brindilles épaisses alourdies de feuilles pourries ; le ventre gonflé comme celui d'un veau malade ; une face marron de vase d'où émergent des lèvres bleuâtres ; une chevelure de lentilles où des têtards s'agitent ; dcs oreilles sans lobe collées à son cou et dessinant comme les fentes d'ouïes ; un nénuphar fleurissant son torse chétif.

Tout évoque un horrible batracien, une de ces bêtes ancestrales disparues, un de ces monstrueux chaînons oubliés entre le poisson et l'homme. Elle voit qu'il bave comme un agneau après le lait, tandis que ses grognements aigus sont ceux d'un porc –

Ça disparaît. Et l'ombre s'avance encore, lentement, les bras maintenant ballants et les mains vides ; et plus l'ombre avance, moins on distingue son visage, qui n'est qu'une plaie. Et plus l'ombre avance, plus la bouche de la vieille se met à bruire, cherchant à retrouver la double première syllabe qu'au monde elle prononça.

Enfin elle y parvient, et face à cette fausse silhouette d'ombre et de sang, qui ne cesse pas de disparaître, ses lèvres plusieurs fois cognent l'air : Pa-pa-pa –

Et un instant, dans sa grotte, le temps n'a plus cours ; la vieille et la petite fille sont là, une ; un instant elle sait ce qu'elle fut : bébé, petite fille, adolescente, femme ; un instant le monde est là.

Le charme opère encore un peu, mais la lumière insaisissable s'estompe, se noie, et l'ombre muette se fane, disparaît.

Elle est de nouveau cette vieille perdue, sale,

puante, engluée dans les choses, qui ne sait plus ce qu'elle fut, qui ne sait que l'oubli et l'angoisse.

La travaille, comme parfois le plus désespéré des grands singes, le remords d'exister.

Elle a six fois six mille ans.

9

La nuit plane au-dessus de la ville, comme l'épervier prêt à fondre. Une inquiétude sourde anime les passants : le rythme de leurs pas s'est accéléré. Est-ce que la Terre ne tourne pas toujours au même rythme, est-ce qu'elle accélère son entrée dans l'ombre – on dirait qu'ils croient ça, qu'ils l'éprouvent, physiquement ; ils se pressent.

Quelques secondes, elle semble les compter, marquant régulièrement de son ongle le bois de la fenêtre. Personne ne sort de la bouche de métro. Elle cherche de quel côté ils vont arriver.

Surgissant du trottoir d'en face, le Gros traverse le boulevard – le traverse exactement où s'étalait la flaque de sang, presque effacée : une empreinte rose seulement demeure qu'il n'a pas remarquée, que personne ne remarquera plus.

Au-dessus, une porte a claqué. Une musique têtue,

un rythme sourd se remet à battre. Eux aussi, leur journée est finie. Ils vont pouvoir baiser.

Cette fois la musique est vraiment très forte. Quand elle monte sur le plus haut tumulus de la chambre (ce n'est plus tout à fait le même qu'au matin), elle sent les choses vibrer sous ses pas, et le plafond quand elle pose sa main contre. Elle entend comme des coups. Est-ce que ça vient de la musique, est-ce qu'il la cogne, est-ce qu'ils se battent. Elle les entend rire, deux rires de beaux diables.

Puis rien. Puis de petits cris, et à peine un râle : un gémissement bref. Des grincements. Des coups contre le sol. Elle décolle son oreille du plafond, ils vont tout défoncer, elle pose ses deux mains contre le plâtre pour le retenir. C'est de plus en plus rapide, de plus en plus fort.

Une seconde tout cesse. Le volume de la musique augmente. Ils reprennent : grincements, coups, de plus en plus vite et de plus en plus fort.

À cette heure, elle n'imagine rien. Mais sa peur, désormais incessante, ne fait qu'augmenter : quelque chose de ces coups, de leur rythme, de leur énergie, la terrorise. Cette puissance qu'ils dégagent, rien que tous les deux, juste au-dessus d'elle. On dirait qu'ils peuvent détruire l'immeuble entier ; on dirait que, solitaires, nus, cachés, ils appellent sur eux la violence du monde.

Elle s'agenouille, arrondit le dos, arrache aux choses des réclames où brillent d'autres choses. Elle contemple outils, armes, bijoux, boîtes, cages, trésors, amulettes, talismans. Elle les serre contre elle, les porte à ses lèvres ou les écrase entre ses mains, jointes comme pour prier.

La musique est énorme.

Dans l'escalier on vocifère, encore une porte qui claque, des pas qui montent, lourds et hâtifs. On sonne au-dessus. On sonne plusieurs fois et on cogne à la porte en même temps.

Les jeunes se sont arrêtés, baissent un peu le son, vont ouvrir.

Voix du Gros :

– Est-ce que – pardon de vous déranger, mais est-ce que vous pouvez pas cesser votre boucan ?

Ils ne répondent pas. Le Gros reprend :

– J'veux dire, vous êtes obligés de faire profiter tout l'immeuble de votre musique de sauvage ?

– C'est moi que vous traitez de sauvage ?

La question est d'une voix jeune, mauvaisement morne.

– J'aimerais juste que vous baissiez la musique, parce que tous les soirs c'est pareil –

Un coup résonne contre le mur.

– Tu crois quand même pas que c'est toi qui vas faire la loi dans l'immeuble !

– Je ne fais pas la loi, je veux seulement –

– Dégage, t'as compris ?

Nouveau coup, plus puissant.

– Et remets plus jamais les pieds devant notre porte ou j'te nique ta race !

– Mais – je ne vous permets pas ! Je vous demande seulement de baisser un peu le volume de –

Bruits confus, de chocs sourds, de pas précipités.

– Dégage, bougnoule !

La vieille entend des rires, le Gros dévaler l'escalier en soufflant comme un bœuf, la porte du dessus se refermer.

Dessous grince une porte.

– Alors, ils veulent pas ?

– Non –

Le Gros reprend son souffle.

– Si c'est pas malheureux ! Les jeunes, la vieille – on est gâtés ! N'empêche que vous avez bien fait, M'sieur Zaraoui.

– Ouais, ouais, il rognonne.

– Mais dites, pour la vieille –

– J'vous ai déjà dit que les pompiers viennent tout à l'heure –

– Oui, oui, les pompiers, mais –

La voix de Monsieur Jean se fait plus fluette et douce encore :

– S'ils l'emmènent pas ? S'ils disent, je ne sais pas,

que son état ne permet pas de la sortir de son capharnaüm, que son corps a développé certaines résistances dans un certain milieu, qui la tueraient dans un autre ?… J'ai lu ça, vous savez, que chez les comme elle le corps développe certaines résistances –

– On verra –

– Oui, oui, on verra – mais est-ce que vous ne pensez pas qu'on pourrait les convaincre, leur expliquer ?… Je peux leur montrer mes cafards, M'sieur Zaraoui !… Et monter avec eux, les aider un peu… Tenez, s'ils arrivent à la faire s'allonger, est-ce qu'on ne pourrait pas –

Maigre chuchotement. Puis :

– C'est convenu – vous me direz quand ils sont là ?

Elle n'entend pas le Gros répondre. Au-dessus, ils ont remis la musique plus fort encore, longtemps. Enfin ils sortent, prennent l'ascenseur. Leur silence semble soudain peser sur tout l'immeuble.

Ils sont peut-être allés chercher des armes, un couteau. Pour commencer la guerre. Pour la sauver. Pour saigner le Gros.

C'est l'heure des cloportes, des scolopendres, des cafards. L'heure de toutes les bêtes de son domaine, où toutes se réveillent, sortent, s'animent pour quêter leur pitance, une proie ou un partenaire sexuel, pour se reproduire, pondre, survivre. Elle tourne en tous sens, grimpe, rampe, s'accroupit, marche courbée, à quatre pattes, se voûte, se hisse ; elle cherche encore le chat, pour qu'il l'aide, pour qu'il la défende, espérant que les insectes la conduisent à lui ; elle cherche ses yeux luisants comme deux morceaux d'étoile soudainement allumés dans la pénombre.

Elle soulève des bouts de papier qu'elle prend pour des plumes d'oiseaux – ordonnances, lettres publicitaires, légendes :

Chère Madame,

N'avez-vous jamais espéré mieux d'un fabricant de congélateurs que –

2 comprimés matin et soir –

Vous trouverez ci-joint le résultat de votre dernière analyse –

Car les combats font rage dans la province –

Alors faites comme moi : optez pour la formule trois fois sans frais –

Où l'on manque de tout et d'abord de pain –

Et comme un rabbin fou elle fait de ces phylactères des boulettes qu'elle glisse dans ses oreilles, dans ses cheveux, et qui n'y restent pas longtemps.

Dans la chambre elle se retrouve au croisement de plusieurs galeries, elle aimerait les emprunter toutes à la fois ; elle a peur de ne jamais retrouver le chat. Elle s'engage dans l'une, recule, hésite. En elle l'angoisse se fait rance : comme si, perdue, où qu'elle s'aventure, elle allait avoir à regretter l'odeur de cendre d'un foyer abandonné.

Et c'est ainsi (hésitante et mélancolique) qu'elle retrouve les sacs plastique pour elle abandonnés par la nièce. Il y en a un qui est plein de paquets de biscuits : Petit Brun, barquettes, palets bretons, sablés. Elle en ouvre un, arrachant avec peine l'opercule de plastique, déchirant la boîte, se gavant. Les miettes s'accrochent sur son menton à quelques poils, tombent éparses autour d'elle.

Elle jette un œil sur ce sable qui pleut de sa bouche – est-ce que des grammes d'or n'y seraient pas cachés. Regardant autour de ses pieds, elle devine des constellations – retrouve celles qu'elle dessinait sur la table de la cuisine, avec les éclats de mie sèche, au début.

Cela durait des heures : elle regardait les miettes tombées de son manger ou, à force de grattements, les pellicules et les croûtes de sa chevelure et de son crâne. C'étaient des voies lactées, des myriades d'étoiles, mieux qu'un plan de l'univers existant, un univers neuf, tout entier sorti d'elle, parfait. Du regard elle interpellait les objets autour d'elle, comme l'enfant fait de ses poupées et peluches. Et le silence de toutes ces choses l'étonnait.

Engloutissant le dernier biscuit, elle songe au sang du Gros. Qui coulerait des heures, descendrait une marche après l'autre jusqu'au rez-de-chaussée, parviendrait à la rue. Bientôt à la place du boulevard coule un fleuve de sang. Comme une bougie qui finit de se consumer la grosse voix du Gros s'éteint doucement, la voix de son sang passe du cri à la berceuse, et tout l'immeuble s'endort, paisible –

En vérité, quand ils se seront débarrassés d'elle, quand recommencera la guerre, quand tous ils se saigneront les uns les autres, ils s'endormiront dans les larmes, ceux-là qui chassaient l'araignée de leur séjour, mais dans leur cœur hébergeaient des scorpions.

10

Alors qu'elle s'est rapprochée de la baie (cherchant toujours le chat), elle les entend. Elle s'agite, et des tours devant elle s'effondrent. Elle grimpe, rampe, colle son nez à la vitre. On ne les voit pas encore, mais elle les sent, tout près : elle sent monter la rumeur lointaine. Ils sont chaque jour plus nombreux.

On dirait que la ville a chu au fond d'un gouffre. Il semble que la vieille ouvre enfin les yeux, qu'elle sort d'un songe. Ses paupières se dilatent lentement, s'habituent à la pénombre, filtrent les lumières de la ville. Elle jette un œil à son terrier : la nuit y est totale. Comme si c'était ici que la nuit avait sa source, d'ici qu'elle sortait, qu'elle glissait ses bras immenses au-dessus de la ville.

Hier, au fond du boulevard, le soleil est brusquement tombé sous la nappe grise des nuées. Un léger voile le couvrait encore : il ne luisait pas, n'était qu'un disque blanc dont la lumière oblique et pâle cueillait les visages. Hier la nuit n'est tombée qu'après leur passage.

Ce soir tous les commerçants ont baissé leurs rideaux de fer. On a éteint dans la brasserie. Un vent léger balaie le boulevard ; un sac plastique vole deçà, delà, blanc. Plus une machine ne roule. Spectateurs ou sentinelles, les clochards attendent. Leurs chiens ne bougent plus. Règne une atmosphère étrange. Comme si la ville s'était vidée, comme si tout le monde avait fui. Comme si le temps allait cesser, le ciel s'ouvrir, le sol se fendre, comme si ce monde allait disparaître.

La rumeur s'est faite grondement. Bruit confus de tambour, cris, klaxons, sifflets, cornes de brume. Ils approchent.

La première banderole est déjà là, barrant toute la largeur du boulevard. La vieille n'en déchiffre pas les mots. Elle voit derrière surgir les drapeaux, la fumée rouge des feux de Bengale. Elle lève son bras tremblant vers le vasistas, parvient encore à l'ouvrir, d'un coup – et la chaînette rouillée qui le retient manque encore de céder. Le froid entre puissamment.

Des lueurs bleues clignotent à sa droite. Elle se glisse jusqu'à l'autre fenêtre : des policiers à moto barrent déjà sa rue. Ce soir ils se tiennent ainsi devant chaque rue, de ce côté de l'immeuble comme en face. Elle aperçoit aussi (juste devant l'entrée du docteur Sünd) un car de CRS et un fourgon. Vont-ils encore les tabasser ou les jeter au fleuve – elle se demande.

Leurs cris, leurs chants sont distincts maintenant, et on les voit qui avancent. Ils marchent d'un bon pas, joyeux de colère. Ils sont là.

Toute à ce début du spectacle, elle oublie le froid qui pénètre l'appartement, la pénètre, glace ses os. Pour ne rien manquer de leur entrée en scène, elle agrippe ses phalanges au vasistas, tentant de se hisser – mais cette fois la chaînette cède, et le vasistas tombe.

Un grand rectangle de nuit lui fait face : toute la nuit chez elle s'engouffre, et les refrains des manifestants résonnent entre ses murs.

Son pâle visage pourrait effrayer les pigeons qui reviennent tourner là. Le gouffre est devant elle, contre son front, elle peut le baiser de ses lèvres. Elle tend une main ; ses doigts bleuissent sous le froid.

Elle regarde, en face, l'entrée gardée de chaque ruelle, à gauche, à droite. À l'avancée du cortège, les policiers se raidissent. C'est alors que, fugacement, ça la traverse : ce n'est que pour elle qu'ils sont là. Le reste n'est qu'une grande diversion, une parade de cirque, une révolution pour rire. C'est à elle qu'ils en veulent. D'elle que feront-ils – elle se demande.

Qu'ils montent. Elle les attend, tremblante.

Les pigeons vont en masse compacte tournoyer au-dessus d'une camionnette, à l'avant-garde, qui crachote un chant qu'elle a eu connu, oublié ; un oiseau cependant, on ne sait pourquoi, fait volte-face, s'égare, vient tournoyer devant la vieille, et brusquement se faufile entre sa face et le cadre.

Elle a senti les plumes fraîches de l'oiseau contre sa joue, se retourne : il est bien là. Il tourbillonne dans tout le séjour, pénètre son terrier, perdu, effrayé, puis vient battre des ailes devant la tenture de cuir, fait demi-tour, finit par se poser. Les perles noires de ses yeux s'agitent, ses pattes gigotent. Il tourne en rond. S'arrête. Roucoule.

Qu'est-ce qu'il est venu dire, lui –

Une détonation la fait sursauter : en face, on a voulu s'en prendre à une banque. On jette des cailloux, les policiers répliquent avec une grenade lacrymogène, un manifestant reçoit des coups, un autre est embarqué. Devant on marche, calme. Au premier étage, parfois au second, boutiquiers et riverains ferment vite les volets de leurs appartements.

Le gros de la foule est resté presque impassible, telle une eau qui monte, que rien n'arrête, qui se contente de monter. Le cortège n'est plus qu'à une dizaine de mètres de l'immeuble. Les premiers sont comme poussés par l'immense force qui les suit. Surnagent des pancartes, des drapeaux, qu'ils agitent, qu'ils secouent frénétiquement. On croit parfois, à voir leurs têtes de veaux, de moutons, de loups, leurs faces de rats, de cuivre, de cafards, de citrons, de fromages ou de nègres, à un carnaval planétaire ; avec leurs masques laids, leurs ballons de baudruche, leurs fumigènes colorés, on croit à une procession grotesque.

Les premiers arrivent maintenant exactement sous la vieille et l'odeur pestilentielle tombe comme un faix sur ceux qui marchent sur le trottoir. Tous relèvent la tête, la regardent. La lumière des réverbères qui monte jusqu'à elle fait luire les poils de son menton ; on dirait, au-dessus de la foule qui marche, au-dessus du monde falot, une chèvre prophétesse. Sont-ils tous venus la consulter, la faire reine ou lui trancher la gorge, qu'ont-ils à la regarder, à défiler là. Elle se recule.

Sans qu'on la puisse voir, elle peut désormais contempler les détails : cette moustache qu'un refrain hérisse ; cette joue fouettée de rouge par un drapeau trop enthousiaste ; ce front plissé de rage folle ; cette gueule grande ouverte, dont le son se perd et qui d'ici n'est qu'une petite béance noire d'où rien ne sort, où rien ne rentre ; ces amoureux perdus dans la foule, qui s'embrassent à bouche que veux-tu, sans cesser de marcher au milieu de tous les autres ; et tous ces visages rudes, là comme forcés, comme charriés par le mouvement. Leur allure terne, leurs bras ballants se demandent s'ils font vraiment bien ; leurs yeux en revanche, leurs yeux sont farouches.

Un couple donne la main à un petit garçon et rit de l'entendre scander son premier slogan : Veux des sous, veux des sous ! Et tous les gens autour, après un bon rire, de répéter : Veux des sous, veux des sous, comme l'enfant qui s'étonne d'entendre ses paroles multipliées.

Une femme est montée sur le toit de la camionnette. On lui tend un mégaphone, un micro. Elle refuse en souriant. Elle se lève, lève les bras au cortège immense derrière elle. Soudain, dans le gel et dans la nuit, elle défait un long manteau sous lequel elle est nue. Une seconde on peut croire que le cortège se pétrifie.

Elle a de longs cheveux noirs, elle a de grands yeux sombres sur un visage pâle. Elle tend les bras au ciel et ses seins se tendent, et elle éclate, tête renversée, d'un grand rire contre le ciel, et elle se met à danser ; et des jeunes hommes et des jeunes femmes autour de la camionnette se mettent à battre des mains, sans la quitter des yeux.

Elle a des bras longs et souples – deux couleuvres, qu'elle remue comme en une danse indienne. Ses jambes graciles, ses cuisses souples et fermes semblent scellées, queue de sirène dressée au-dessus des flots. Le triangle de sa toison est une porte fermée dont tous ils attendent l'écartement, où tous ils attendent de s'engouffrer, elle leur promet.

Maintenant n'y a que la foule d'un bout à l'autre du boulevard. Ça crie moins, tout est presque calme. C'est comme une immense promenade collective, un tranquille pèlerinage. Pourtant, quand à un lointain appel venu de loin derrière ou de loin devant, tous une seconde s'immobilisent et répondent d'un même cri par un de ces slogans qu'ils connaissent par cœur, le sang tremble. On sent leur puissance. On sent qu'ils sont presque tout et qu'en ce moment ils le savent, ne savent que ça.

Quelques-uns sur les trottoirs finissent par sortir, regardent, parmi les ordures, passer le cortège. Certains lèvent le poing. Malaisé de savoir si c'est un signe de ralliement ou un signe de colère. Parfois ils font quelques pas : est-ce qu'ils en sont ou pas, sont-ils contre ou pas, où ils sont, on se demande vraiment.

Les clochards ne se lèvent pas, ils font des bras

d'honneur. Un de leurs chiens aboie, deux autres fouillent une poubelle renversée.

Ça dure longtemps aujourd'hui, ça coule, exactement comme un fleuve, ça n'a pas de fin. Les réverbères jaunes auréolent les visages qui se tendent parfois pour humer l'air, crier, ou boire la nuit qui repose au-dessus d'eux comme une large et longue et infinie tache d'encre. La lune n'est plus. Peut-être que ça n'aura jamais de cesse ; ça n'a jamais cessé peut-être.

Elle se tourne : le pigeon s'est approché d'elle, pique de son bec la surface décomposée des choses. On dirait que la grisaille de tous ces jours derniers a déteint sur son plumage, qu'il en a conservé toutes les nuances, ou que c'est en lui qu'on a chaque jour puisé pour peindre le ciel. Elle regarde les yeux de l'oiseau, elle regarde la nuit, puis arrache une fleur du papier peint qui se décolle, la pince entre ses doigts et, pour saluer l'infini défilé des gueux, la laisse lentement tomber dans un nuage de fumée rouge.

Longtemps après viennent les plus jeunes du troupeau. Ils tapent sur de gros tambours, des casseroles, des poubelles, soufflent dans des sifflets, des flûtes, des langues de belle-mère, des appeaux, des trompes, des trompettes, dans leurs doigts. Certains dansent. Riant et chantant, ils ferment joyeusement la marche.

Elle a pour eux, dans le regard, une timide lueur d'amour. Mais à ce filet d'amour se mêlent peur et dégoût. Avec leurs sifflets, leurs maquillages, leurs déhanchements, beaucoup ont l'allure de putes et de pauvres petits diables – de débiles, de misérables, de possédés.

Elle serre ses doigts, se hisse comme elle peut, et crache.

Il en est un qui l'a vue, qui croit qu'elle les salue, qu'elle les encourage :

– Mémé avec nous ! il gueule.

Et tout ce qui siffle et tout ce qui bat, bat et siffle en cadence, levant les yeux vers elle, pendant que tous les autres autour gueulent en chœur :

– Mémé avec nous ! Mémé avec nous ! Mémé avec nous –

Ils s'amassent sous sa fenêtre.

Ils vont la faire repérer. Ils vont monter. Ils viennent servir la soupe au Gros –

Tout à coup, sans qu'elle ait pu encore disparaître à leurs yeux et sans qu'elle sache pourquoi, un bataillon de CRS donne la charge. Comme un puissant courant électrique l'effroi parcourt les manifestants. Dans des vapeurs blanches les coups pleuvent, d'affreux cris retentissent, du sang gicle. Elle voit voler des projectiles, s'enflammer des cocktails Molotov. En tous sens des grappes de manifestants tentent de fuir, courent devant, tentent de se replier, tentent de se faufiler dans une ruelle, frappent aux portes cochères : partout policiers et CRS les pourchassent, les attrapent (arrachant les cheveux par poignées, agrippant les nuques, écrasant les doigts, tordant les bras, broyant les épaules) et frappent.

Les sirènes s'allument, les gyrophares tournent, bleuissent les façades.

Entre deux panaches de fumée, elle aperçoit les clochards qui se marrent.

Quand tout a cessé, elle se penche, regarde les nouvelles taches sur le bitume. Les visages. Une fille à genoux pleure. Ses mains tachent ses joues. N'y a plus que son sanglot sur le boulevard, et partout le sang.

Le vent se lève, les branches nues des marronniers frissonnent.

Des volets s'ouvrent, les rideaux de fer se relèvent. Couverts de gros bonnets, d'écharpes et de gants, des marchands balaient leurs devantures. La brasserie se rallume. La circulation reprend, les passants reviennent.

Elle se retourne. L'oiseau chez elle a disparu.

11

La neige serait tombée toute la nuit. Le premier flocon aurait attendu que tu t'endormes avant de se détacher des nuages, il aurait tourbillonné dans le ciel, lentement, pour aller avec grâce se poser sur le clocher de la cathédrale.

En une seule heure, la nuit mystérieusement n'aurait plus été noire, car la neige elle-même, étale, vibrerait d'une étrange et douce lumière, comme si chaque flocon murmurait un secret dont il était plein.

Et violemment, le dernier voile d'ombre se serait déchiré, découvrant le jour, profond, lointain, comme un autre gouffre.

La neige recouvrirait tout – les toits, les parcs, les trottoirs et les sacs-poubelle, le boulevard et la cathédrale, les bords du fleuve et la plage lointaine, et là-bas les moulins et l'île, la colline et la plaine. Tu te réveillerais devant une autre ville, un autre monde, blancs. Plus une voiture, pas un corbeau.

Elles seraient admirables, les formes que ferait la neige : les lignes estompées, les angles adoucis, les couleurs effacées. Tout serait enfin neuf.

Aucun météorologue n'aurait prévu cette neige, mais tous tempéreraient leur incompétence : cet impondérable était de saison ; les nuages de décembre, venus de l'océan, s'étaient accumulés au-dessus de la ville depuis plusieurs jours, ils auraient pu poursuivre cette nuit leur voyage, mais c'est ce lieu et c'est ce moment qu'ils avaient choisis pour déverser leur cargaison de coton.

Toi seule aurais su, deviné, attendu, toute ta vie : secrètement attendu cette neige, ce matin-là, ce blanc, ce blanc absolu. Pour toi, pour toi seule la neige serait tombée, c'est cela qu'elle te murmurerait sans cesse, et la lumière partout également réverbérée en diffuserait l'écho : pour toi, pour toi, pour toi –

Hormis cette confidence chuchotée, le silence serait impressionnant. Après toute une vie de continuelle jactance, de bruits ininterrompus, ce serait pour toi un repos, ce serait une bénédiction.

Tu passerais la matinée devant le paysage vierge : pas un passant n'aurait imprimé son pas dans la neige fraîche, pas une voiture n'aurait roulé sur le boulevard. Comme si la neige avait fait peur aux habitants, comme si la ville reposait en paix.

Dans leur coin, les clochards auraient improvisé un feu qui aurait eu du mal à prendre. Ils ressembleraient à des hommes des premiers temps, dans la première neige, devant le premier feu, vulnérables, magnifiques, ils ressembleraient aux premiers prêtres veillant la première flamme sacrée.

L'un d'eux, une bouteille à moitié vide dans les mains, lèverait les yeux et, la cervelle engourdie par le froid et l'alcool, compterait avec hébétude les rares flocons qui continueraient à tomber jusqu'en sa barbe. À moins qu'il ne contemple, au sixième étage de l'immeuble d'en face, un pigeon docile sur l'épaule d'une vieille sorcière, qui rirait tranquillement en regardant ce matin blanc.

Peu avant midi, de très jeunes enfants viendraient jouer, seuls, courant au milieu du boulevard, se roulant dans la neige, se laissant tomber et remuant les bras pour imprimer des formes d'anges. Tu leur donnerais des noms. Ce seraient tes enfants.

Le plus étonnant serait que la neige soit aussi tombée sur ton territoire, dans tout l'appartement, jusqu'en ton terrier, recouvrant toutes les choses, faisant de tout une forme une, une ligne unique. Les bêtes dormiraient au chaud de leurs tanières. Toi seule te serais levée, heureuse, marchant sans peine dans la neige, ne craignant pas le froid.

Tout l'immeuble dormirait, toutes les voix (la radio, les jeunes, Zaraoui, Monsieur Jean) auraient gelé ; l'intérieur des bouches, l'intérieur des chairs, la neige les aurait aussi remplis.

La neige serait la réponse à toutes les questions, à tous les silences, à tous les départs et à tous les retours, à tous les jours accumulés, à toutes les heures perdues, à tous les regrets et à tous les remords – à tous les souvenirs, à tous les oublis.

Tu attendrais. Tu attendrais comme tu as attendu la tombée de la neige : tu attendrais sa fonte. Sous elle germerait un printemps proche. Avec lui te seraient rendues l'enfance, l'innocence et la foi, tous les trésors qu'enterrent les choses et qui pourtant dorment toujours, comme sous une neige noire, dans une âme d'homme.

Fondant, la neige exhalerait des odeurs de terre et de foin, de lilas, de noix fraîche, de thym, d'ortie, de menthe –

Tout parlerait. Chaque flocon s'évaporant, chaque ruisseau, chaque arbre.

Tu reverrais enfin les séchoirs sous les frênes, le grand vent peignant les prés jusqu'aux montagnes bleues, le petit cimetière caché dans la chevelure de la colline ; tu reverrais le souffle fumant des naseaux du cheval, la langue épaisse des veaux, l'abîme tendre des pupilles du bœuf ; tu reverrais la parure de givre que novembre fait aux barrières ; tu reverrais la flamme jaune des branches d'osier, les saules sauvages et leurs milliers de fines langues vertes, reptiliennes, appelantes ; tu reverrais la tiédeur du premier rayon de mars, les bourgeons de la vigne qui font comme des grosses gouttes de lait à la grenadine, les capiteux tapis de violettes, les tendres tapis de pétales de prunier ; tu reverrais le bassin où naît la rivière, cet affleurement calme de la nappe, ce souvenir des grands glaciers dans l'îlot des noisetiers ; tu reverrais ton reflet sur l'eau noire, la grande allée de la ferme, l'allée des platanes aux formes d'hommes aux bras levés, aux formes de femmes renversées ; tu reverrais l'été, le soleil courant dans la rivière, tous les fruits, l'aube, la première étoile, le vent –

Autour de toi tomberait la foudre, trouant la terre, fendant de grands arbres, leur noircissant le cœur. Tu rirais. Tu rirais du feu, des troncs couchés, tu te promènerais par les prés, comme avant, comme toujours, parmi les sources, les nommant chacune. Tu tremperais tes pieds dans les flaques, les rus et les rivières, t'amusant de leur bouillonnement comme de caresses, heureuse de la petite écume accrochée aux gros cailloux comme une bave d'amour, de cette fraîcheur à tes pieds qui irait faire courir le sang dans tes cuisses, qui te rajeunirait. L'eau serait claire.

Georges serait là, beau. Tout serait là. Et les

arbres, et les bêtes, et les hommes – passants, monstres, fœtus et morts. Ton amour unique, ton amour effréné pour le vent et pour l'herbe, ton grand désir d'aimer l'univers entier, ton cœur gonflé, ton cœur immense, tu le retrouverais.

Sur le grand tronc du peuplier, intact, tu irais lire l'histoire de ta vie, gravée par tu ne sais qui, déchiffrant l'écorce et la lumière et la rosée.

Alors tu saurais ce que tu fais là. Tu ne serais plus cette chose vide qui n'attend rien. Ton regard se souviendrait soudain du feu qui chantait dans l'âtre : tu aurais, dans ta peau d'ancêtre, sous le masque travaillant de la mort, les yeux étincelants du désir. Tout serait comblé.

La vraie vie recommencerait.

À la fin des temps, un arbre se mettrait à pousser dans ton ventre. Une petite pousse au-dessus de ton nombril, une tige, puis les premières branches (légères), les feuilles te caressant agréablement, les premières fleurs attirant et les abeilles et les guêpes. Les racines sortiraient par tes orteils, ta vulve et ton anus, les branches par tes narines, tes oreilles, ta bouche, tes yeux, et d'autres encore prolongeant tes mains, tes cheveux.

Tu épouserais enfin le vent, tu épouserais enfin la terre.

Tu passerais la vie à attendre encore, à croître,

à boire la lumière de chaque jour, à goûter, qu'il gèle ou brûle, le temps qui s'offre.

Tu ne redeviendrais humaine que pour mieux parler aux oiseaux, te promener avec Georges.

La vraie vie aurait recommencé –

Mais d'abord n'y aurait que la neige. Tout serait encore dessous, promis.

Tu aurais bien fait d'attendre. Les enfants seraient partis, les clochards se seraient tus, se tiendraient prêts, sans trop savoir à quoi, alimentant le feu. Tu pourrais contempler la ville blanche comme une véritable souveraine. Tu régnerais.

Tu régnerais comme la dernière forme humaine par-dessus la neige.

12

Mais la nuit n'est pas encore passée, et la neige ne s'est pas encore mise à tomber. Maintenant qu'ils ne craignent plus rien, ils ressortent tous. Le boulevard s'agite, même la petite rue. Voitures. Quelques coups de klaxon.

Lentement, heure à heure, ça se calmera, tout se taira, ils s'endormiront. Viendra le moment où, les paroles et les rires de ceux qui sortiront des restaurants s'espaçant, on n'entendra plus rien du tout. Plus une voix humaine, plus un moteur.

Là, comme au petit matin, ils s'agitent encore, marchent, courent, se bousculent, se piétinent. Les clochards rentrent leurs jambes pour qu'on ne les écrase pas. Ils ne disent plus rien, sont presque aussi invisibles que la vieille. Il y en a un qui dort, ou qui est mort, serrant une bouteille vide contre son ventre. L'autre est accroupi à côté, un chien assis à côté de lui. Et l'homme et la bête regardent les gens courir devant eux, les ignorer, les effacer ; on dirait qu'ils s'apprêtent à bondir d'un moment à l'autre, pour mordre.

Ses lèvres sont sèches, et sa langue comme une queue de lézard arrachée se tord dans sa bouche, la brûle.

Rouvrant l'eau dans la salle de bain, elle se voit commandant au torrent de couler, se retourne, croit pouvoir commander au yucca de croître jusqu'à se faire arbre. Elle a faim. Fouaille, il faut des forces, retrouve les sacs plastique de la nièce, il reste des biscuits ronds, beurrés, petits soleils qu'elle éclipse un à un (dont elle dépose soigneusement l'emballage dans la plus proche dépression), il reste une pomme dont elle avalera tout (pépins et queue), il reste un petit pain rond dont elle ne mange que la moitié (abandonnant le reste à toutes les bêtes qui en voudront).

Elle va au terrier, se couche une seconde. Elle garde les yeux ouverts.

Ce n'est pas encore l'heure.

De l'autre côté du boulevard, les appartements éclairés font comme des plaies de lumière dans la nuit. Les immeubles en paraissent fragiles. Dans ces grottes jaunes, elle pourrait apercevoir des silhouettes solitaires, des couples, qui s'assoient, s'affalent, abdiquent, se couchent ; certains fument, certains boivent ; tous oublient, cherchent le repos.

Elle est, elle, dans son trou sombre, blottie tout au fond du présent. Songeant aux minutes qui en elle, une à une, hautes comme des heures, s'effondrent. Elle voit les immeubles du boulevard et de la petite rue, la brasserie, le cabinet du vétérinaire et celui du docteur Sünd, la banque, la pharmacie, et la galerie plus loin : détruits, anéantis. Elle imagine le vide autour d'elle.

Est-ce qu'ils oseront vraiment la toucher, l'emporter –

Elle a peur de leurs parfums, de leur joliesse et de leur bienveillance, de leur peau aussi propre que, jour de noces, la carrosserie de leurs grosses autos.

Est-ce qu'ils vont la foutre au fond de la mare aussi –

Elle sent un mouvement dans son estomac. La pomme, elle pense. Ça digère. Ça pousse.

Elle se gratte. Elle oublie.

Cherchant le chat, elle retrouve, éparpillées, des photos, qui font comme des petites stèles. Les deux mains accrochées à l'une d'elles (où l'on voit des granges, un puits, une flaque et tout le ciel dedans), elle se penche, approche son visage pour vraiment voir (tenter) : tout est si flou, tout est si loin, son nez touche la photo, elle se penche encore.

On dirait que dans ce mouvement son corps va craquer, crever, se vider là.

Elle perd l'équilibre, elle tombe en avant.

Un grand silence maintenant monte de la ville. Chez elle : ça frémit, ça crisse, ça gratte, ça remue tout autour.

Combien d'heures est-elle restée allongée parmi les choses ? Elle rouvre les yeux avec l'impression d'avoir fait une longue chute. L'impression d'être tombée dans une fosse, dans le temps. De sa langue râpeuse, le chat lui lèche les pieds. La réveille doucement, vient se frotter contre sa joue. Quand agilement elle se redresse, il la regarde. Un oiseau passe, flèche verte dans le ciel bleu : le chat bondit. Il fait nuit.

Les oiseaux se sont tus, se taisent. Le chat disparaît.

Elle a mal, partout.

Elle ne comprend pas ce qu'elle fait là, devant la baignoire pleine de merde, de cotons-tiges, de mousse, de scarabées. Elle ne comprend pas que les oiseaux soient ainsi tous morts, collés au ciel, que le gros ruisseau soit redevenu baignoire –

Sur sa figure s'impriment, rides sur les rides, d'horribles traits de haine.

Elle se relève péniblement sans comprendre ce que fait ici la longue boîte d'allumettes. Elle essaie d'en allumer une, en craque plusieurs, et quand elle s'y attend le moins jaillit une longue et tranquille flamme.

Vient le moment où elle sent que sa journée est absolument finie. Qu'il faut s'allonger au terrier, fermer les yeux, attendre que le jour revienne. Les bestioles s'agiteront et gratteront, courront autour d'elle la nuit durant. Et quand le jour viendra, elle recommencera tout, rien, sans comprendre.

Elle a un peu froid. Soulevant de vieux chiffons tachés près de sa couche, elle le retrouve enfin.

Qu'il est calme. Qu'il est beau –

Son squelette blanc luit presque dans l'ombre. De ses doigts elle tapote tendrement son crâne, cherche ses yeux, l'entend ronronner.

Est-ce qu'elle serait aussi belle, charogne ici oubliée, sans aucun souffle pour faire frissonner ses derniers cheveux, sans personne pour caresser ses os. Dehors, comme elle serait bien dehors : les automnes s'entasseraient sur elle. Ici, ils la mettront dans un sac-poubelle, avec le reste.

Entre les os de ses côtes, des souriceaux dorment, couinent. Sur un nid de paille et de mousse synthétique, parmi des miettes de plastique, de cire, sur un tapis de grains. Toute la portée tremble. Rose tendre, presque translucide, leur apparence rappelle la chair humaine, embryonnaire. Ils n'ont pas trois jours. Elle les rassure :

N'ayez crainte, mes petits, bons petits. Maman est sans doute partie chercher à manger, maman reviendra –

Les souriceaux remuent, se blottissent, se cachent les uns les autres. Elle resserre un peu leur nid, rassemble morceaux de carton, confettis. Tombe sur une demi-page presque intacte, débris d'un gros roman russe, passe quelques lignes sous ses yeux, n'y déchiffre rien. Dit une dernière consolation à ces petites bêtes qu'elle effraie :

Maman reviendra –

Ainsi accroupie, la face vers le sol, parlant à d'aussi insignifiantes que nuisibles bestioles, on dirait une caricature de folle, qui défèque dans le noir, qui console l'enfant qu'elle fut.

Avant de remettre les chiffons qui recouvraient tout, elle caresse les restes du chat, le vide lisse entre chaque côte, la colonne : d'une caresse lente, comme si sa main transpirait d'un pouvoir magique qui allait rendre vie à la bête, comme si, telles des ronces, des nerfs allaient s'enrouler autour des os, puis la chair s'agglutiner, le sang couler, la peau se tisser, les poils pousser. Peut-être demain.

Serrant contre son ventre, comme un poupon, une vieille couverture rose, elle file à la cuisine ouvrir l'eau, l'écouter. L'eau ne dit rien encore. Alors elle retourne dormir, bien dormir.

Elle marche dans l'ombre et sur l'ombre à présent comme sur une terre meuble, labourée, prête au grain. Elle imagine écraser quantité d'insectes, chenilles, larves, compagnons qu'elle aime. Tout son royaume vibre.

On ne sait si elle bâille ou si elle crie.

Elle n'a pas remarqué les flammes dans la salle de bain.

Tout est parfaitement calme dans son terrier quand elle y ferme enfin les yeux. Recroquevillée, portant ses mains fermées à son visage, elle renifle à ses doigts une odeur de fumée. S'endormant, des images montent en elle, qu'elle ignore être des souvenirs. Ils sont pour sa cervelle comme ces coquilles de noix vides qu'on donne aux chatons pour qu'ils s'amusent. Elle ne sent pas les heures se poser sur elle, peser, s'empiler, s'entasser, pourrir. Elle dort.

Sa propre toux la réveille. Quelque chose ce soir oppresse sa poitrine. Un mauvais goût remonte en sa bouche. L'ombre du pigeon revient planer partout sur les murs. Le plafond luit encore une fois de reflets bleus, mais elle les regarde sans qu'ils lui rappellent rien. Elle fait l'inventaire d'autres lueurs criardes ou blêmes du boulevard : phares, feux tricolores, enseignes, néons, vitrines, écrans –

De grandes flammes lèchent déjà la tenture de cuir. Elle a chaud. Elle est bien. Tous les cafards, fuyant le feu, accourent autour d'elle. Elle rêve que cette chaleur émane de l'intérieur de son corps, que ses entrailles sont entrées dans un état de décomposition et de pourrissement tel que toute sa chair va bientôt exploser, et tout l'appartement, sous la fermentation, explosera à son tour, et tout l'immeuble ne sera plus qu'une béance dans la ville, comme une bouche ouverte pour l'aveu, comme une blessure qui racontera sa vie.

Le Gros a frappé chez Monsieur Jean. Ils chuchotent, complotent. Ils sont rejoints par d'autres. Elle se voit tambourinant au plafond pour appeler la jeunesse à l'aide, encourageant à saigner ce porc de Zaraoui. Elle se voit hurlant derrière la baie, par laquelle entre en sifflant le vent glacial qui avive les flammes : elle harangue la foule, elle invite à la révolte, elle veut être sauvée –

Mais personne en son rêve ne répond, ni le couple occupé à l'amour ni la foule éparpillée.

Elle a de plus en plus chaud, elle ne bouge pas, et garde les yeux fermés car c'est ainsi que son visage prend sa vraie beauté. Elle va brûler, elle va brûler toute la nuit, ses cendres fumeront dans l'aube aux doigts de rose. Les vivants viendront la saluer.

Elle pourrait à présent entendre leurs pas lourds : il y a le Gros, il y a Monsieur Jean, il y a le concierge, les jeunes, les pompiers, mais aussi les étudiants, les policiers, l'Assistante, la nièce, il y a son père, sa mère, M. le curé, M. le maire, le village, la ville, la foule, Georges –

C'est lui qui mène le cortège.

Tous montent en courant l'escalier : leurs pas, leurs pas lourds résonnent, on dirait un troupeau de bœufs, de buffles, d'éléphants, on dirait une armée d'énormes bêtes.

Est-ce légion humaine, est-ce légion de monstres.

Tout tremble.

Ils viennent se débarrasser de l'infect remugle et des cafards, ils viennent se venger ; ils viennent tout laver, vider tout, ils viennent te dévisser la tête. Ils viennent faire place nette.

Ils sont derrière la porte. La voix du Gros s'affole :

– Dépêchez-vous ! Je crois qu'elle dort encore –

Dans la salle de bain, à la source du feu, le yucca pousse ; à côté de lui germe une fleur encore inconnue.

Par tous ses pores, l'appartement sue de bestioles qui cherchent à survivre.

Les pompiers s'affairent, donnent de violents coups de hache. Quand sous leurs coups la porte cède, tu es déjà morte.

Ceux qui voulaient te chasser, les flammes les défigurent.

Composition IGS
Impression CPI Bussière en juin 2014
à Saint-Amand-Montrond (Cher)
Editions Albin Michel
22, rue Huyghens, 75014 Paris
www.albin-michel.fr
ISBN 978-2-226-25827-4
N° d'édition :20959/01. – N° d'impression : 2010163.
Dépôt légal : août 2014.
Imprimé en France.